青星学園★チームEYE-Sの事件ノート

～キヨの笑顔を取りもどせ！～

相川 真・作
立樹まや・絵

集英社みらい文庫

もくじ
contents

KUROTO
LEO
KIYO

character

おもな登場《とうじょう》人物《じんぶつ》

翔太《しょうた》（赤月翔太《あかつきしょうた》）

中学《ちゅうがく》1年生《ねんせい》。才能《さいのう》のある子《こ》ばかりが集《あつ》められたS《エス》クラスの一員《いちいん》。サッカー部《ぶ》のスポーツ特待生《とくたいせい》。

ゆず（春内《はるうち》ゆず）

中学《ちゅうがく》1年生《ねんせい》。目立《めだ》たず、平和《へいわ》な中学生活《ちゅうがくせいかつ》を送《おく》るのが目標《もくひょう》。『トクベツな力《ちから》』を持《も》っている？

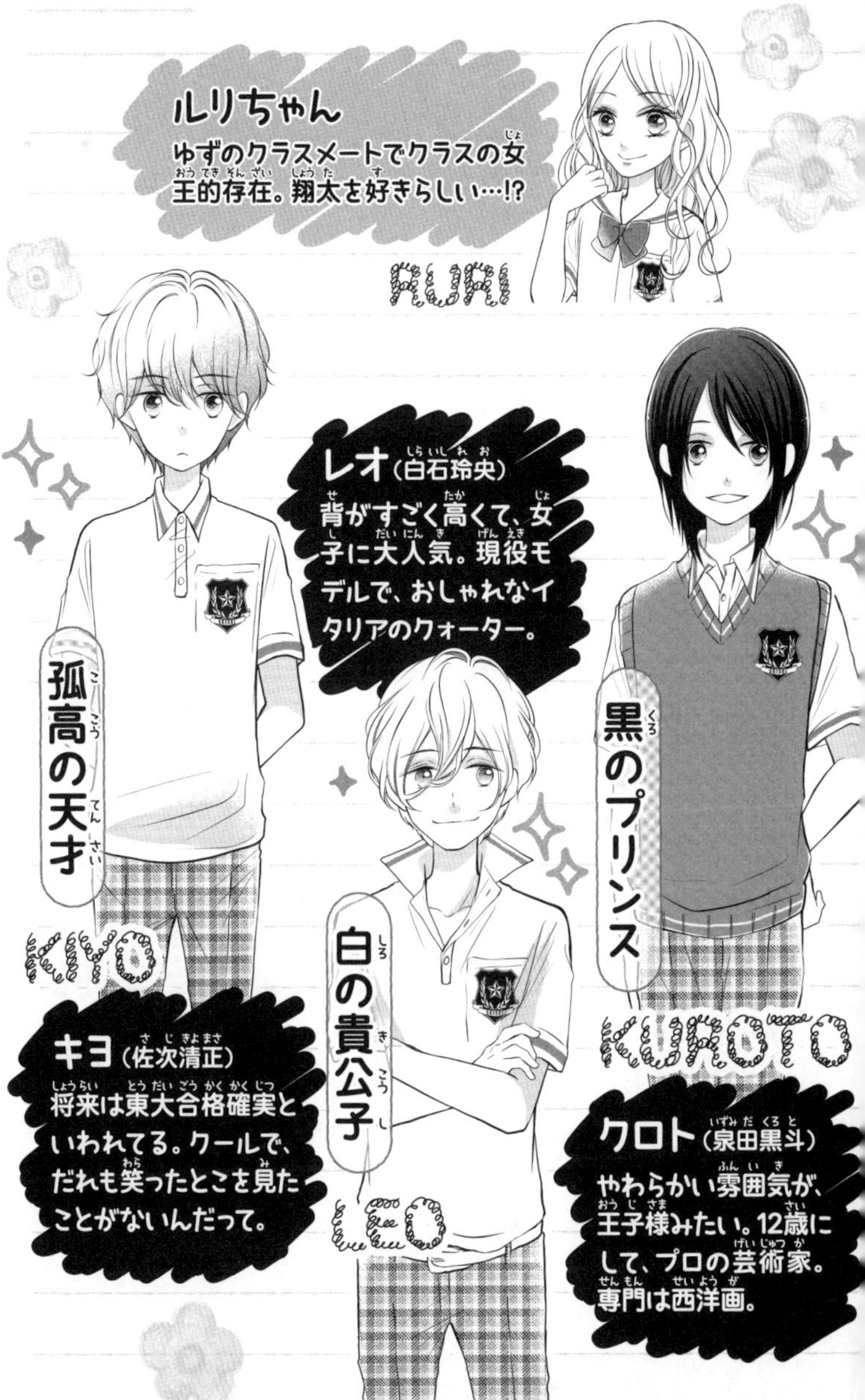
ルリちゃん
ゆずのクラスメートでクラスの女《じょ》王的存在《おうてきそんざい》。翔太《しょうた》を好《す》きらしい…!?
RURI
レオ（白石玲央《しらいしれお》）
背《せ》がすごく高《たか》くて、女《じょ》子《し》に大人気《だいにんき》。現役《げんえき》モデルで、おしゃれなイタリアのクォーター。
黒《くろ》のプリンス
孤高《ここう》の天才《てんさい》
白《しろ》の貴公子《きこうし》
KIYO
KUROTO
LEO
キヨ（佐次清正《さじきよまさ》）
将来《しょうらい》は東大合格確実《とうだいごうかくかくじつ》といわれてる。クールで、だれも笑《わら》ったとこを見《み》たことがないんだって。
クロト（泉田黒斗《いずみだくると》）
やわらかい雰囲気《ふんいき》が、王子様《おうじさま》みたい。12歳《さい》にして、プロの芸術家《げいじゅつか》。専門《せんもん》は西洋画《せいようが》。

story

あらすじ

わたし、春内《はるうち》ゆず。
平凡《へいぼん》でフツーを愛《あい》する、中学《ちゅうがく》1年生《ねんせい》。
だけど、平穏《へいおん》に生《い》きていくって、
実《じつ》はむずかしいよね…！

私《わたし》には、『トクベツな力《ちから》』がある。
小学校《しょうがっこう》のときはそのせいで
イジメられてたから、
だれにも知《し》られたくないの。

目立《めだ》ちたくないのに、
女子《じょし》に大人気《だいにんき》の
キラキラ男子《だんし》
4人組《にんぐみ》と
『チームアイズ』を
組《く》むことになって、
わたしは毎日大変《まいにちたいへん》!!

翔太《しょうた》くんのこと、
なんだか、気《き》になるんだ。
この気持《きも》ち、なんなんだろう…？

レオくんが最近《さいきん》やたらと
からんでくるし…？

サマーパーティが近《ちか》づくと、
毎年元気《まいとしげんき》がなくなるキヨくん。
そして、キヨくんのとっても
大切《たいせつ》なものが盗《ぬす》まれて!?

キヨくんの悲《かな》しいひみつは!?

続《つづ》きは、小説《しょうせつ》を読《よ》んでね♪

1 屋上《おくじょう》プールはドキドキ!?

わたし、春内《はるうち》ゆず。

平凡《へいぼん》と平穏《へいおん》をこよなく愛《あい》する、フツーの中学《ちゅうがく》一年生《ねんせい》。

青星学園《せいせいがくえん》っていう、ちょっとイイトコの私立《しりつ》に通《かよ》ってるんだ。

キラキラ光《ひか》るステンドグラスの講堂《こうどう》や、金色《きんいろ》の鐘《かね》がついた教会《きょうかい》、それに、ガラス張《ば》りのカフェテリアなんかがある、すごくきれいな学校《がっこう》なんだよ。

季節《きせつ》は、いよいよ夏《なつ》！

プールの授業《じゅぎょう》も始《はじ》まったし、なんといっても、もうすぐ夏休《なつやす》み！

そっか、一学期《がっき》も、もうすぐ終《お》わりなんだねー……。

なんだか、いろんなことがあった。

それで、わたしはひとつわかったことがある。

——平凡《へいぼん》で平穏《へいおん》に生《い》きていくのって、実《じつ》はとんでもなく大変《たいへん》なんだってこと……。
青星学園《せいせいがくえん》は（ものすごくユウウツなことに……）期末《きまつ》テストをむかえていた。
今《いま》は『テスト準備期間《じゅんびきかん》』ってやつなんだ。
放課後《ほうかご》にどこかに遊《あそ》びに行《い》くのも、部活動《ぶかつどう》もだめ。そのかわり授業《じゅぎょう》はみっちり……！
そんな、テスト前《まえ》の昼休《ひるやす》みのことだった。
職員室棟《しょくいんしつとう》にある、屋上《おくじょう》プールの更衣室《こういしつ》。
そこでわたしは……ちょっとしたピンチをむかえていた。
目《め》の前《まえ》に、ずいっと差《さ》しだされる、ほうき。
「——ねえ、コレお願《ねが》いしてもいいよね？」
わたしの前《まえ》でにっこり笑《わら》う、すごくかわいい女《おんな》の子《こ》。
ついでに、その取《と》りまきの子《こ》たちが、ズラー……っと。
「え、えーっと……」
……逃《に》げ場《ば》がない！

この女《おんな》の子《こ》――朝木瑠璃《あさきるり》ちゃんは、クラスの女子《じょし》たちのリーダー。

くるりと巻《ま》いた髪《かみ》、ぱっちりした目《め》。きれいにメイクしてて、すごくかわいいんだ。

ルリちゃんは、お姫様《ひめさま》みたいなスマイルで、ほうきを押《お》しつけてきた。

「あたしたち忙《いそが》しいから、そうじの残《のこ》りやっといてくれない？」

「でも、プールそうじはみんないっしょに……」

そう。わたしたち、今日《きょう》はプールそうじ当番《とうばん》なんだよね。

だけど、スマートフォンを見《み》たルリちゃんが、とつぜんそうじをやめちゃったのだ。

「えー、春内《はるうち》さん、あたしのお願《ねが》い聞《き》いてくれないの？」

うっ、ルリちゃんが、じっとこっちを見《み》つめてくる。

断《ことわ》れない、よねえ……。

「……だ、大丈夫《だいじょうぶ》。やっとくね」

「やった！　ありがと！」

ルリちゃんは、さっさと後《うし》ろをむいちゃった。

取《と》りまきの子《こ》たちが、クスクス笑《わら》う。

SEISEI

「ねえ、カワイソーじゃない？」

「いいよ。ほら、ああいう子《こ》って、そうじみたいな地味《じみ》な作業《さぎょう》のほうがお似合《にあ》いじゃない？」

ルリちゃんはクラスのぜったいルール。

平穏《へいおん》に生《い》きてくためには、ルリちゃんに逆《さか》らわないこと！

だからここで、ゴキゲンを損《そこ》ねるわけにはいかないの。

……わたしには、実《じつ》はひとつひみつがある。

小学校《しょうがっこう》のときには、それが原因《げんいん》で、クラスでイジメられてたんだ。

だから中学校《ちゅうがっこう》では平凡《へいぼん》で平穏《へいおん》、目立《めだ》たない生活《せいかつ》を送《おく》るって決《き》めてるんだ！


「――よし、終《お》わり！」

更衣室《こういしつ》は、ひととおりきれいになったかな。あとはプールサイドなんだけど。

わたしは、腕《うで》いっぱいにモップとバケツをかかえた。

（うわ、重《おも》っ）

よたよたふらつきながら、プールサイドへの階段《かいだん》を目《め》ざす。

青星学園《せいせいがくえん》の屋上《おくじょう》プールは、ちょっとすごい。

天井《てんじょう》がドームになっていて、冬《ふゆ》でも雨《あめ》でも、プールが使《つか》えるようになってるんだ。今日《きょう》みたいにすごく暑《あつ》い日《ひ》には、ドームを全開《ぜんかい》にする。

そうするとキラキラの太陽《たいよう》の光《ひかり》が、いっぱい差《さ》しこむんだよ！

明《あか》るいプールサイドに、なんとかあがったとたん。

「きゃあああっ――――！」

わわっ！　なに！

女《おんな》の子《こ》たちの歓声《かんせい》だ。プールサイドに、女《おんな》の子《こ》がいっぱいいる。

あー、そういえば先生《せんせい》から聞《き》いたかも。

昼休《ひるやす》みにどこかのクラスが、補習《ほしゅう》でプールを使《つか》うって。

たしかすっごく忙《いそが》しいクラスで、体育《たいいく》の授業時間《じゅぎょうじかん》がたりなかった、とかなんとか。

(うわー……なんか、ものすごーっく、ヤな予感《よかん》がする……)

この学校《がっこう》で、これだけ女子《じょし》の視線《しせん》を集《あつ》める集団《しゅうだん》なんて――たったひとつだけ。

となりで立《た》っていた子《こ》が、きゃあっと叫《さけ》ぶ。

「もうホント、S《エス》クラスのプール見《み》られるなんて、サイコー！」

（うっわぁああ……や、やっぱり――！）

――S《エス》クラス。

今年《ことし》の春《はる》から新《あたら》しくできた、特別《スペシャル》クラスなの。

なにかひとつ、特別《とくべつ》な才能《さいのう》を持《も》った子《こ》が集《あつ》められている。スポーツの特待生《とくたいせい》とか、現役《げんえき》芸能人《げいのうじん》とかね。

そして、そのS《エス》クラスには女子《じょし》の目《め》をくぎづけにする、男子《だんし》四人組《にんぐみ》がいるんだ。

みんなその四人《にん》見《み》たさに集《あつ》まってる、って感《かん》じ。

このさわぎじゃ、そうじは無理《むり》っぽいなー……。

……うん、こうなったらそうじはあきらめよう。そして逃《に》げよう。

わたしはいさぎよく、くるっと背《せ》をむけた。

その瞬間《しゅんかん》――

ずるっ！　と、足《あし》がすべった！

（まずいっ！）

がしゃあん！

ハデな音《おと》がして、モップもバケツも落《お》ちる。

わたしもいっしょに、床《ゆか》に転《ころ》がった。

制服《せいふく》もびしょぬれ……。

「痛《いた》……っ」

うわ、ひざから血《ち》もでてる。もー、サイアク……。

顔《かお》をあげると、女子《じょし》たちがみんなこっちを見《み》てる。けっこう大《おお》きな音《おと》がしたもんね。

最前列《さいぜんれつ》にいたルリちゃんが、くすっと笑《わら》った。

「ねえ、見《み》てよ。カワイソー」

「ふふっ、やだちょっと、汚《きたな》くない？」

わたしはぐっとうつむいた。

（……早《はや》く、片《かた》づけよ）

そのときだった。

まわりが、ざわめいた。

立《た》ちあがろうとするわたしの前《まえ》に、スッとかげが落《お》ちる。

「大丈夫《だいじょうぶ》？　すごい音《おと》したけど」

（……えっ）

顔《かお》をあげる。そこには無表情《むひょうじょう》だけれど、すごく整《ととの》った顔《かお》があった。

水着《みずぎ》の上《うえ》に青《あお》いシャツをはおった男《おとこ》の子《こ》が、こっちにむかって手《て》を差《さ》しだしている。

……これは、まずいかもしれない。

その男子《だんし》は、S《エス》クラスの【孤高《ここう》の天才《てんさい》】佐次清正《さじきよまさ》くんだ。

超《ちょう》・天才少年《てんさいしょうねん》で、将来《しょうらい》は東大合格確実《とうだいごうかくかくじつ》って言《い》われてる。

いつだってクールで、冷静《れいせい》。笑《わら》ったところを、だれも見《み》たことがないんだって。

そのキヨくんが、わたしの手《て》をつかんで、サッとひきおこしてくれる。

そしたら後《うし》ろから、もうひとりひょいっと顔《かお》をだした。

「やっぱりゆずちゃんだ。うわ、どうしたの？　ぬれてるよ？　片《かた》づけ中《ちゅう》だったの？」

水着《みずぎ》の上《うえ》に黒《くろ》いパーカーの男《おとこ》の子《こ》。

泉田黒斗《いずみだくろと》くん。

みんなからは【黒《くろ》のプリンス】って呼《よ》ばれてる。

笑顔《えがお》がとっても甘《あま》くてやわらかくて、本当《ほんとう》に王子様《おうじさま》みたいなんだ。

クロトくんは芸術家《げいじゅつか》。専門《せんもん》は西洋画《せいようが》なんだって。正真正銘《しょうしんしょうめい》のプロの画家《がか》なんだよ。小学生《しょうがくせい》のときに、個展《こてん》も開《ひら》いてるんだって。

もちろん、ふたりともすっごく目立《めだ》つ！

女《おんな》の子《こ》たちからの「なにあの子《こ》！」みたいな視線《しせん》が、ざくざくつきささってくるし！

「だ、大丈夫《だいじょうぶ》だから！」

わたしは、慌《あわ》ててモップとバケツを拾《ひろ》いあげた。

こういうときは、さっさと逃《に》げなきゃ！

——じゃないと……！

「女《おんな》の子《こ》が無理《むり》しちゃだめだよ。とりあえず保健室《ほけんしつ》かな」

……でた。

S《エス》クラスいち、女子《じょし》にモテる男《おとこ》。

【白《しろ》の貴公子《きこうし》】白石玲央《しらいしれお》くん。

なんと、本物《ほんもの》の芸能人《げいのうじん》で、現役《げんえき》モデル。
背《せ》がすっごく高《たか》くて、胸《むな》もとにキラっと光《ひか》るアクセサリーがカッコいいんだ。
イタリアのクォーターで、紳士的《しんしてき》で女《おんな》の子《こ》にすっごくやさしい。
レオくんが水《みず》にぬれた髪《かみ》をかきあげる。それだけで、きゃーっと歓声《かんせい》があがっちゃう。
さすが、女子《じょし》モテ一位《い》……。
そして……。
そのレオくんが、プールにむかって声《こえ》をはりあげた。
「おい、翔太《しょうた》。早《はや》くあがってこいよ！」
プールサイドから、さっと手《て》を差《さ》しだすレオくん。
その手《て》につかまって、男《おとこ》の子《こ》が、いきおいよくプールサイドにかけあがった。
パッと水《みず》の滴《しずく》が散《ち》る。
それが、太陽《たいよう》の光《ひかり》を反射《はんしゃ》して――その男《おとこ》の子《こ》を、キラキラ輝《かがや》かせた。
「――あぁ、どうした？　レオ」
ドキっとわたしの心臓《しんぞう》がはねた。

「ゆずが来《き》てる。ケガしてるっぽい？」

「マジ？」

その男《おとこ》の子《こ》がくるっとこっちをむいた。

彼《かれ》の名前《なまえ》は、赤月翔太《あかつきしょうた》くん。

スポーツ特待生《とくたいせい》で、一年生《ねんせい》にしてなんと、サッカー部《ぶ》のエース！

将来《しょうらい》はサッカー日本代表入《にっぽんだいひょうい》り確実《かくじつ》だろうって。いろんなチームからスカウトも来《き》てるんだって。

ついたあだ名《な》が【赤《あか》い弾丸《だんがん》】。

足《あし》がすごく速《はや》くて、サッカー部《ぶ》の赤《あか》いユニフォームを着《き》て走《はし》ると、まるで弾丸《だんがん》みたいに見《み》えるから。

……翔太《しょうた》くんを見《み》ると、わたし、いつもちょっとおかしくなる。

すごくドキドキするんだ。

笑《わら》うと太陽《たいよう》みたいだなあ、とか。いつもキラキラしてるなあ、とか。

そういうのが、すごく特別《とくべつ》に思《おも》える。

この気持《きも》ち、ホント、なんなんだろう……。

「──おい大丈夫《だいじょうぶ》か？　つーかお前《まえ》、ひざから血《ち》ィでてんじゃねえか！」

翔太《しょうた》くんはハーフパンツの水着《みずぎ》のまま。

割《わ》れた腹筋《ふっきん》とかしっかりついた腕《うで》の筋肉《きんにく》とか、ぜんぶ見《み》えちゃうって……っ！

思《おも》わずばっと目《め》をそらした。

（っていうか、まわりからの視線《しせん》が、痛《いた》い────!!）


実《じつ》は……春《はる》に起《お》きた事件《じけん》で、わたしはこのとんでもなく目《め》立《だ》つ四人組《にんぐみ》と、『ＥＹＥ─Ｓ《アイズ》』っていうチームを組《く》むことになった。

街《まち》や学校《がっこう》で起《お》きる事件《じけん》を、解決《かいけつ》するっていうね。

いろいろあって、わたしは自分《じぶん》で『ＥＹＥ─Ｓ《アイズ》』の仲間《なかま》になるって決《き》めた。

……決《き》めたんだけど……。

フツーの学校生活《がっこうせいかつ》で、このキラキラな人《ひと》たちとかかわるのは、やっぱり困《こま》るよー!!

翔太《しょうた》くんに、ガシっと腕《うで》をつかまれる。
(ひえっ、なに!?)
そうじ用具《ようぐ》がまたばらばらと床《ゆか》に落《お》ちる。
翔太《しょうた》くんがわたしの手《て》をぐいっとひく。
「保健室《ほけんしつ》行《い》くぞ。歩《ある》けるか？　痛《いた》かったら言《い》えよ」
ものすごく近《ちか》い距離《きょり》でそう言《い》った。
顔《かお》がすごく真剣《しんけん》で――その力強《ちからづよ》い瞳《ひとみ》がわたしを見《み》つめる。
(うわ――っ！)
わたしは、顔《かお》を真《ま》っ赤《か》にして、後《うし》ろに飛《と》びのいていた。
足《あし》の痛《いた》みなんかもう、完全《かんぜん》にどっかに飛《と》んでってる。
「――だ、だ……大丈夫《だいじょうぶ》っ！」
……それより気《き》づいてほしい。このつきささる視線《しせん》に！
……って、この人《ひと》たち普段《ふだん》から目立《めだ》つから、こんな視線《しせん》、気《き》にしてないんだよね。
だけど、わたしにはわかる。

ルリちゃんから、イナズマみたいな視線《しせん》が飛《と》んできているのが！

……そう。ルリちゃんは、翔太《しょうた》くんのことが好《す》き。

たぶん、レンアイ的《てき》なイミで……。

だから、あんまり見《み》られたくないんだってば！

「わたし片《かた》づけがあるから……っ！」

わたしはモップとバケツをかかえて、逃《に》げるようにかけだした。

「あ、ゆず！　ケガしてんのに走《はし》るな！」

大声《おおごえ》で名前《なまえ》呼《よ》ばないで――！

わたしはもう泣《な》きそうだった。

（こうやって、わたしの平穏《へいおん》、どっかに行《い》っちゃうんだ――!!）

2　いつもとちがうキヨくん

その日《ひ》の放課後《ほうかご》。

わたしはこそこそとかくれるように、ひとりで廊下《ろうか》を歩《ある》いていた。

『EYE《アイ》－S《ズ》』の活動《かつどう》は、だいたい週《しゅう》に一回《いっかい》ぐらいなんだ。なにか事件《じけん》があったときに、集《あつ》まることになっている。

場所《ばしょ》は、S《エス》クラス専用《せんよう》の自習室《じしゅうしつ》。通称《つうしょう》『S《エス》ルーム』。ここは、S《エス》クラスが許可《きょか》をだした人《ひと》しか入《はい》れない。

（……だれかに見《み》られたら、すっごくまずい）

プールで、あんなことがあったばっかりだし。

まわりをしっかり確認《かくにん》して、わたしはS《エス》ルームのドアをあけた。

そのとたん、翔太《しょうた》くんの声《こえ》が飛《と》んできた。

「あー、くそ！　まただ！　やられたっ！」

わっ、びっくりした。

「どうしたの？」

「おう、ゆず。あ、お前足大丈夫《まえあしだいじょうぶ》か？　プールでケガしてただろ？」

「うん。保健室《ほけんしつ》に行《い》ったし。制服《せいふく》もかわいいたよ」

「ならいいけど。おれがつれていってやるって言《い》ったのにさ。なんで逃《に》げンだよ」

ムスッとした翔太《しょうた》くん。

「あ、あはは……」

そういえば、全力《ぜんりょく》で逃《に》げたんだっけ……。

いやいや、でもあの状況《じょうきょう》は逃《に》げるって！　こわいって！

レオくんが、いつもの甘《あま》い笑顔《えがお》で言《い》った。

「女《おんな》の子《こ》なんだから、ケガはだめだよ。大事《だいじ》にしなくちゃ」

レオくんの声《こえ》は、相変《あいか》わらずすごく甘《あま》い。こんな声《こえ》でやさしくされたら、そりゃあモテるよねー……って感《かん》じだ。

その横《よこ》から、キヨくんが翔太《しょうた》くんに聞《き》いた。

「それで翔太《しょうた》、なにがなくなったんだ？」

「消《け》しゴム！　おれのやつがなくなってて、別《べつ》の消《け》しゴムが入《はい》ってんだ。最初《さいしょ》はだれかがまちがえたのかと思《おも》ってたけど、これで四回目《かいめ》だぞ。なんなんだよ最近《さいきん》！」

消《け》しゴムが、別《べつ》のに交換《こうかん》されてる、ってこと？　たしかに不思議《ふしぎ》かも。

「それで、今日《きょう》集《あつ》まることになったんだね」

「そー。おれの私物《しぶつ》盗難《とうなん》（？）事件《じけん》」

「まあ翔太《しょうた》のファンって、けっこう過激《かげき》な子《こ》も多《おお》いしね」

クロトくんが、机《つくえ》の上《うえ》にいっぱいお菓子《かし》を広《ひろ》げた。

クロトくんは、甘《あま》いものがすごく好《す》き。カバンのなかは、いつもいろんなお菓子《かし》がつまってるんだ。

「よくタオルとか持《も》っていかれてたし。それじゃない？」

クロトくんが、広《ひろ》げたお菓子《かし》のなかから、チョコレートを口《くち》にほうりこむ。

こういう話《はなし》を聞《き》いちゃうと、モテるのも大変《たいへん》なんだなあって思《おも》うよ。

レオくんが、クロトくんのお菓子《かし》を、横《よこ》からつまんだ。

「でも、おれもあるよ。シャーペンとか。持《も》っていかれるだけなら慣《な》れたけど、翔太《しょうた》と同《おな》じで、かわりのペンとかが入《はい》っててるんだよなあ」

「――あっ！」

わたしは、声《こえ》をあげた。ピンと来《き》てしまったのだ。

「……わたしわかっちゃったかも」

「マジ？」

翔太《しょうた》くんがこっちをむいた。わたしは苦笑《にがわら》いで言《い》った。

「それ、たぶん『コイニワ』の影響《えいきょう》だよ……」

『コイニワ』っていうのは、『恋《こい》する王子《おうじ》とバラの庭《にわ》』っていう、学園恋愛《がくえんれんあい》ドラマのこと。今女子《いまじょし》の間《あいだ》で一番《いちばん》の流行《りゅうこう》なんだ。うちも、お母《かあ》さんが観《み》てるんだよね。

「『コイニワ』のなかでカップルがやってるんだけど、文房具《ぶんぼうぐ》とか、キーホルダーとか、おたがい同《おな》じものを交換《こうかん》するの。それが今《いま》、女《おんな》の子《こ》の間《あいだ》ですごくはやってるんだよ」

うちのクラスでも、カップルがシャーペンや消《け》しゴムを交換《こうかん》してたりする。

だからホントは恋人同士《こいびとどうし》がやるはず、なんだけど。

翔太《しょうた》くんやレオくんの場合《ばあい》……。

「ファンの子《こ》が、勝手《かって》に自分《じぶん》のと交換《こうかん》しちゃった、ってことじゃないかなあ」

恋人気分《こいびときぶん》を味《あじ》わうため、とかだったりして。

女子《じょし》ってこういうとこ、こわいなあ……。

翔太《しょうた》くんが、ちょっとヤケっぱちに言《い》った。

「マジかよ、フツーにドロボウだっつーの！　モテる男《おとこ》はつらいよなあ、レオ」

「そう？　かわいいじゃん。ドラマの恋人《こいびと》たちにあこがれて持《も》ち物交換《ものこうかん》したいなんて。それに、翔太《しょうた》よりおれのほうがモテるから」

「あ？　お前《まえ》さては、サッカー部《ぶ》エース様《さま》のモテ度《ど》を知《し》らないな」

「ははっ、それモデルに言《い》うか？」

レオくんは、余裕《よゆう》のほほえみ。

このふたり、いつもこうやってはりあってる。

……主《おも》に、どっちがモテるかで。

男《おとこ》の子《こ》っていつでも、〝女子《じょし》にモテたい〟みたいなとこ、あるよねー……。

レオくんが言《い》った。

「とりあえず、事件《じけん》は解決《かいけつ》──理由《りゆう》がわかったわけだし。期末《きまつ》の勉強《べんきょう》でもする？」

そっか、もうすぐテストだ……。

翔太《しょうた》くんが、いそいそと教科書《きょうかしょ》とノートを取《と》りだした。

「キヨ。おれ、今回《こんかい》のテスト範囲《はんい》で聞《き》きたいとこあるんだよ」

「待《ま》って、おれも」

レオくんも、カバンからノートをひっぱりだす。

やっぱりこういうときは、【孤高《ここう》の天才《てんさい》】キヨくんが活躍《かつやく》するんだよね。

S《エス》クラスのテストって、進学《しんがく》クラスとおんなじなんだって。

すごいよね、仕事《しごと》とかをやりながら、進学《しんがく》クラスのテストも受《う》けるって。

でも翔太《しょうた》くんは、深《ふか》ーいため息《いき》をついてた。

「あー、サッカーしてえ！　部活《ぶかつ》できねえし、家《いえ》でも筋《きん》トレしかできてねえし！」

キヨくんが教科書《きょうかしょ》片手《かたて》に、さらっと言《い》った。

「世界《せかい》で活躍《かつやく》するサッカー選手《せんしゅ》になるんだろ。なら、頭《あたま》も必要《ひつよう》だ。うちのテストぐらい、余裕《よゆう》で上位《じょうい》取《と》れるようになれ。翔太《しょうた》は目標《もくひょう》、総合順位《そうごうじゅんい》で十番以内《じゅうばんいない》な」

「……おし、やってやる」

翔太《しょうた》くんは、すごく負《ま》けず嫌《ぎら》い。それに「できない」って言《い》うのも好《す》きじゃない。

「十番《じゅうばん》どころか、キヨをぬいて一番《ばん》になってやるからな！」

クロトくんとレオくんが、同時《どうじ》に言《い》った。

「いや、それは無理《むり》だって」

キヨくんなら、きっとうちのテストも余裕《よゆう》なんだろうなあ。

わたしもここで勉強《べんきょう》させてもらおうかな。わかんないとこ、教《おし》えてもらおう。

そう思《おも》って、カバンをあけたときだ。

キヨくんが、言《い》った。

「ゆず、サマーパーティのプリント、親《おや》にわたしてないのか？」

……ギクっ……。

わたしのカバンのなかから、プリントと封筒《ふうとう》がはみだしてる。

だいぶ前《まえ》に配《くば》られた、サマーパーティのお知《し》らせだ。

サマーパーティっていうのは、一学期最後《がっきさいご》の学校行事《がっこうぎょうじ》なんだ。

終業式《しゅうぎょうしき》の日《ひ》に、大《おお》きなパーティがある。すごく本格的《ほんかくてき》なやつで、キラキラしたお菓子《かし》やドリンクもでるんだって。

保護者《ほごしゃ》も参加《さんか》できるんだけど。

……わたしは、お母《かあ》さんに言《い》いだせてない。

「……お母《かあ》さんもお父《とう》さんも忙《いそが》しくて、どうせ来《こ》られないから」

うちは共働《ともばたら》きで、ふたりともすごく忙《いそが》しいの。さびしいけどしかたないよね。

ため息《いき》をついて顔《かお》をあげると、キヨくんと目《め》が合《あ》った。

(——……えっ……?)

キヨくん、どうしたんだろう。

表情《ひょうじょう》が、なんだか氷《こおり》みたいに、すごくつめたい。

「ちゃんとわたしたほうがいい。後悔《こうかい》するから」

「キヨくん……?」

キヨくんはわたしに、背《せ》をむけた。

「おれ、塾《じゅく》だから帰《かえ》る」

なんだか、キヨくんの様子《ようす》がおかしい。

たしかに、いつもクールだけど。あんな氷《こおり》みたいな表情《ひょうじょう》なんてしないのに……。

キヨくんが帰《かえ》ったあと。

翔太《しょうた》くんが、シャーペンをノートに転《ころ》がした。

「あいつ、サマーパーティの時期《じき》に、毎年《まいとし》こうなるんだよ」

「毎年《まいとし》って……」

「おれたち、青星学園《せいせいがくえん》の初等部《しょとうぶ》からいっしょなんだ。初等部《しょとうぶ》にもサマーパーティがあって。そのころから、あいつパーティの時期《じき》になると、いつもああいう風《ふう》になる」

クロトくんがあとを続《つづ》けた。

「理由《りゆう》は、ぼくたちも知《し》らないんだ。だけどこの時期《じき》に、なにかあったのかも。キヨが今《いま》みたいに笑《わら》わなくなったのも、そのころからみたいだから」

キヨくんがめったに笑《わら》わないのって、クールな性格《せいかく》だからだ、って思《おも》ってた。

でも……なにか、別《べつ》の理由《りゆう》があるのかな。

そのとき、翔太《しょうた》くんがぱっと顔《かお》をあげた。

「そういや、おれたち四人《にん》が出会《であ》ったのは、キヨがキッカケなんだぜ」

「えっ⁉　そうなの？」

「そうそう。一年生《ねんせい》の二学期《がっき》にさ……」

——けど、そこでチャイムが！

そっか、テスト準備期間中《じゅんびきかんちゅう》だから、下校時刻早《げこうじこくはや》いんだった！

その出会《であ》いの話《はなし》、すっごく聞《き》きたいのに……っ！

「また今度《こんど》、教《おし》えてやるから！」

翔太《しょうた》くんが笑《わら》って言《い》った。


でも、今回《こんかい》の事件《じけん》。

ここがぜんぶの始《はじ》まりだったんだ——。

3　サマーパーティ実行《じっこう》委員会《いいんかい》！

——期末《きまつ》テストは、あっという間《ま》に終《お》わった。
（やっと終《お》わったー!!）
夏休《なつやす》みのわくわくが、すぐそこまで来《き》てる！
それに——今日《きょう》から、サマーパーティの準備《じゅんび》が始《はじ》まるんだ。
わたしたち美化委員《びかいいん》も、『サマーパーティ実行委員会《じっこういいんかい》』を手伝《てつだ》うんだよ。
今《いま》は、飾《かざ》りつけ用《よう》の造花《ぞうか》を作《つく》ってるんだ。
カラフルなペーパーを重《かさ》ねて、針金《はりがね》とリボンでとめて完成《かんせい》。
こういう地味《じみ》な作業《さぎょう》、なんだかほっとする。
それに美化委員会《びかいいいんかい》も、すごく落《お》ちつくんだよね。
地味《じみ》な子《こ》が多《おお》いし、Ｓ《エス》クラスの過激《かげき》なファンもいないし。

黙々《もくもく》と花《はな》を作《つく》っていると、ふとだれかが言《い》った。

「そういえば、今年《ことし》の来賓《らいひん》、すごいよね」

「ねー、楽《たの》しみ！」

来賓《らいひん》って、『サマーパーティの招待客《しょうたいきゃく》』のことだよね。

小学校《しょうがっこう》でも卒業式《そつぎょうしき》とかに来《き》てたよ。政治家《せいじか》のおじさんとか、その奥《おく》さんとか。挨拶《あいさつ》も夕
イクツだし……イヤじゃないのかなあ。

「今年《ことし》の来賓《らいひん》、女優《じょゆう》の『安奈《あんな》』が来《く》るかもってうわさ、あるんだよ！」

「えっ、アンナって『コイニワ』の主役《しゅやく》でしょ⁉」

わたしは思《おも》わず叫《さけ》んでいた。それはすごいかも！

「でもなんで、うちのパーティに来《き》てくれるんだろうね」

「ウソ、春内《はるうち》さん知《し》らないの⁉　S《エス》クラスのレオくんのお姉《ねえ》さんだよ」

「ええっ⁉」

……なんでも、レオくんちって、芸能一家《げいのういっか》なんだって。

お父《とう》さんが俳優《はいゆう》、お母《かあ》さんがアナウンサー、お姉《ねえ》さんがたくさんいて、そのうちのひと

りが女優《じょゆう》のアンナさん。

……うーん、聞《き》くだけでキラキラしてる。

「さっき、来賓《らいひん》の人《ひと》たちが挨拶《あいさつ》に来《き》てるの見《み》たんだ。もしかしたら会《あ》えるかも！」

きゃー、とみんなで盛《も》りあがったときだ。

だれかが叫《さけ》んだ。

「ねえ、キヨくんだよ！　横《よこ》の進路指導室《しんろしどうしつ》！」

「ウソっ！」

わたしたちが今《いま》いる会議室《かいぎしつ》のとなりには、進路指導室《しんろしどうしつ》がある。部屋同士《へやどうし》が、ドアでつながってるんだ。

そのドアの前《まえ》に、キヨくんファンの子《こ》たちが、ギュウギュウになってる……。

（美化委員《びかいいん》にも、Ｓ《エス》クラスのファンがいたんだ……）

それも、キヨくんファンが多《おお》くない？

もしかしたら、キヨくんファンって、おとなしい人《ひと》が多《おお》いのかも。遠《とお》くから情熱的《じょうねつてき》に見《み》つめてるって感《かん》じで。

「でもキヨくん、なんかちょっといつもより顔《かお》こわくない？」

「進路《しんろ》の話《はなし》で、真剣《しんけん》なんだよきっと」

……それを聞《き》いて、胸《むね》がざわりとした。

やっぱりキヨくん、様子《ようす》がおかしいよね。

……うーん、気《き》になる……。

わたしも、そっとのぞいてみた。

キヨくんは、進路指導室《しんろしどうしつ》の机《つくえ》で、先生《せんせい》とむきあってボールペンを握《にぎ》ってる。

学校《がっこう》のパンフレットみたいなのを、のぞきこんでる。英語《えいご》で書《か》いてあるっぽくて……海《かい》外《がい》の学校《がっこう》なのかな。

その顔《かお》は、真剣《しんけん》そのもの……。

そのうち先生《せんせい》がつかつかとこっちへやってきた。

「こら！　勝手《かって》に見《み》るな！」

って、むこう側《がわ》についてる窓《まど》のカーテンを、シャってひいちゃった。

後《うし》ろで、パンパン、と手《て》をたたく音《おと》がした。

「ほら、みんな作業《さぎょう》に集中《しゅうちゅう》してください」

実行委員長《じっこういいんちょう》の目《め》が、キリリっとつりあがっている。三年生《ねんせい》の、五木《いつき》センパイだ。

黒髪《くろかみ》でメガネ、キリっとした美人《びじん》。そして、おこるとちょっとこわめ……。

わたしたちは、慌《あわ》てて作業《さぎょう》にもどった。

しばらくして五木《いつき》センパイが、職員室《しょくいんしつ》に用事《ようじ》ってことで会議室《かいぎしつ》からでていったとき。みんなでほっと息《いき》をついた。

「センパイ、ちょっとこわいよねー」

「たしかに。……でも、真面目《まじめ》なセンパイだよ。それに美人《びじん》だもん！」

わたしたちは笑《わら》いあった。

みんなでこんな風《ふう》に作業《さぎょう》するの、楽《たの》しいよね。


……でもわたしが、のほほんと楽《たの》しんでた平和《へいわ》な時間《じかん》もここまで。

このあと、サマーパーティを巻《ま》きこんで――とんでもないことになるんだって、このときのわたしは、まだぜんぜん知《し》らなかった。

4　キヨくんの大切《たいせつ》なもの。

実行委員会《じっこういいんかい》が終《お》わって、みんなで職員室棟《しょくいんしつとう》をでたとき。
ダダダッ！
だれかが、すごいいきおいで走《はし》りぬけていった。
（えっ、キヨくん⁉）
今《いま》の、たしかにキヨくんだった、よね？
どうしよう、追《お》いかけたほうがいいのかな。ちょっと迷《まよ》っていると――
するどい声《こえ》がわたしを呼《よ》んだ！
「ゆず！」
正面《しょうめん》から翔太《しょうた》くんが走《はし》ってきていた。赤《あか》いサッカー部《ぶ》のユニフォームのままだ。
すごいいきおいでこっちにむかってくる！

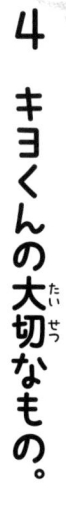

「キヨは⁉」

「えっ！　あの、今通《いまとお》りすぎていったけど……」

「わかった！　来《こ》い！」

「へっ！」

何事《なにごと》⁉

翔太《しょうた》くんに腕《うで》をつかまれて、ぐるっと反転《はんてん》。

後《うし》ろから、レオくんとクロトくんも走《はし》ってくるのが見《み》える！

（えええっ、なにがあったの⁉）

わたしは、翔太《しょうた》くんにひっぱられるまま、走《はし》りだしていた。

っていうか、足速《あしはや》っ！

しばらくひっぱられて走《はし》って……翔太《しょうた》くんが、やっと手《て》をはなしてくれたとき。

わたしは、息《いき》も絶《た》えだえだった。

のどの奥《おく》がゼーゼーいってる。

「しょう、たくん、足《あし》、速《はや》……っ」

「うわ、悪《わり》ィ！　おれ、けっこうゆっくりのつもりだった！」

こ、これで、ゆっくりって。翔太《しょうた》くんの足《あし》、どうなってんの！

ちょっと落《お》ちついたころ。わたしは、そこが進路指導室《しんろしどうしつ》の前《まえ》だってことに気《き》づいた。

「どうしたの？」

「おれたち、さっきまでS《エス》ルームにいたんだ。で、キヨが来《き》て、カバンあけたとたんに走《はし》りだして……」

少《すこ》し遅《おく》れて、レオくんとクロトくんも追《お》いついてきた。

みんなそろって、進路指導室《しんろしどうしつ》のドアをあける。

部屋《へや》のなかで、キヨくんは一生懸命《いっしょうけんめい》なにかをさがしているみたいだった。

ソファの下《した》をのぞきこんだり、机《つくえ》の下《した》を見《み》てみたり。

クロトくんが、慌《あわ》ててキヨくんの肩《かた》をつかんだ。

「キヨ、ぼくたちもさがすから。なにがなくなったの？」

キヨくんははっと顔《かお》をあげた。

そこで初《はじ》めて、わたしたちに気《き》がついたって感《かん》じだった。

「キーホルダー……家《いえ》のカギにつけてたんだ。小《ちい》さなテディベアのマスコットがついてる。カギはあるんだけど、それだけがどこかに行《い》ったんだ」

翔太《しょうた》くん、クロトくん、レオくんは顔《かお》を見《み》あわせた。翔太《しょうた》くんが言《い》った。

「おい、それって！」

「ああ……」

このみんなの反応《はんのう》って、キヨくんのなくしたテディベアのこと知《し》ってるのかな……。

「放課後《ほうかご》、進路指導室《しんろしどうしつ》でカバンをあけたときは、あったんだ。そのあと、一時間《じかん》ぐらいかな。置《お》きっぱなしで職員室《しょくいんしつ》に行《い》ってた。それでカバンを取《と》りにきて、S《エス》ルームに行《い》ったんだ……そうしたらなくなってた」

キヨくんがこんな風《ふう》にあせるなんて、すごくめずらしい。

そのキーホルダーは、キヨくんにとってすごく大事《だいじ》なものなのかも。

「もしかして、どこかでちぎれて、落《お》としたのかもな」

と、翔太《しょうた》くん。レオくんもうなずいた。

「部屋《へや》のなか、徹底的《てっていてき》にさがしてみよう」

……でも、どこからもテディベアはでてこなかった。

キヨくんがぐっと奥歯《おくば》をかみしめていた。

「……どこに行《い》ったんだ」

なんとか、してあげたい。

(そうだ……!)

「キヨくん、わたしさっき、見《み》てたよ！　会議室《かいぎしつ》の窓《まど》からだけど、キヨくんがいたときの進路指導室《しんろしどうしつ》！　なにか、手《て》がかりあるかも！」

……フツーなら、だからなんだ？　って思《おも》うよね。

――でも、みんなにはなにを言《い》いたいか、ちゃんと伝《つた》わったみたいだった。

キヨくんが言《い》った。

「……ゆず、頼《たの》めるか」

いつもよりやっぱりちょっとつめたくて。でもどこか必死《ひっし》な声《こえ》だった。

「もちろん――わたし、ぜんぶ覚《おぼ》えてるんだから！」

――わたしには、ひとつ不思議《ふしぎ》な力《ちから》がある。

この力《ちから》のことを、わたしはずっとひみつにしていた。

小学校《しょうがっこう》のときに、ウソツキって言《い》われて、そのあとずっと、クラスでイジメられたんだ。

だから、ぜったいだれにも知《し》られたくなかったの。

だけど、『EYE―S《アイズ》』のみんなはわたしの力《ちから》のことを、みとめてくれたんだ。

……そして、すごいって言《い》ってくれた――っ！

だからわたしも、役《やく》に立《た》ちたい。

――キヨくんの大事《だいじ》なもののために……！

目《め》を閉《と》じて、意識《いしき》を集中《しゅうちゅう》する。


キュイイイイン!!


わたしは、この力《ちから》のことを『カメラアイ』って呼《よ》んでいる。

一度見《いちどみ》たものをぜったいに忘《わす》れない力《ちから》。

――まるで、写真《しゃしん》を撮《と》るみたいにね。

わたしのまわりを、記憶《きおく》が吹《ふ》きあがっていく――……。

背中《せなか》から、海《うみ》にダイブしていくイメージ。

さがすのは、さっき見《み》たばかりの、記憶《きおく》。

――これ……、つかんだ！


わたしはぱっと目《め》をあけた。

「さっきキヨくんが進路指導室《しんろしどうしつ》にいたときと、今《いま》と、くらべてみたんだけど……」

それで、なにか手《て》がかりがあるといいんだけど。

まちがいさがしみたいに、ふたつの光景《こうけい》を見《み》くらべる。

「……えっと、ゴミ箱《ばこ》が空《から》になってる。絨毯《じゅうたん》に落《お》ちてた小《ちい》さなゴミもなくなってる。進路《しんろ》指導《しどう》の先生《せんせい》のカバンかな、場所《ばしょ》が変《か》わってるよ。それにキャビネットの資料《しりょう》が、二冊《さつ》なくなってる。『数学《すうがく》の指導《しどう》と対応《たいおう》』っていう資料《しりょう》と、数学《すうがく》の『問題集《もんだいしゅう》Ⅰ』」

翔太《しょうた》くんが、ぽかんとした。

「お前《まえ》、本《ほん》のタイトルまでわかんのかよ。やっぱすげえな、それ……」

それを聞《き》いて、かっと胸《むね》が熱《あつ》くなった。

このチーム『EYE《アイ》－S《ズ》』の「EYE《アイ》」は、カメラアイの「EYE《アイ》」だって、翔太《しょうた》くんが言《い》ってくれたんだ。

ずっとかくしてきたこの力《ちから》で、わたしはだれかの役《やく》に立《た》てる。

そう、みんなに教《おし》えてもらった――！

（だから、わたしにできること、全力《ぜんりょく》でやるんだ！）

クロトくんが腕《うで》を組《く》んだ。

「キヨが職員室《しょくいんしつ》に行《い》ってる間《あいだ》に、けっこう人《ひと》の出入《でい》りがあったみたいだね」

レオくんが軽《かる》くうなずく。

「進路指導《しんろしどう》の先生《せんせい》のカバンが動《うご》いたのは、キヨといっしょにもどってきたとき、だよな。あと、数学《すうがく》の資料《しりょう》に関《かん》しては別《べつ》の先生《せんせい》だろうし。ゴミ箱《ばこ》の件《けん》は清掃業者《せいそうぎょうしゃ》が入《はい》ったのかもな。絨毯《じゅうたん》がきれいになってるのはそれじゃないか？」

「じゃあ、どっかでマスコットだけちぎれて落《お》ちてて、業者《ぎょうしゃ》が捨《す》てちまった……とかか？」

翔太《しょうた》くんが言《い》う。

キヨくんが、ぐっとこらえるような顔《かお》をした。

捨《す》てられたかもって、聞《き》いたからだ。

レオくんが指《ゆび》をあごにあてた。

「そうとも限《かぎ》らないだろ。資料《しりょう》を持《も》ってった先生《せんせい》が、落《お》としもの置《お》き場《ば》に持《も》っていったのかもしれない」

そのとき、ガラっとドアがあいた。

びっくりした……。

ふりかえると、教頭先生《きょうとうせんせい》が立《た》ってる。

なんだか、おこってるっぽい……。

「どうしたんだ、さわがしいぞ。応接室《おうせつしつ》まで声《こえ》が聞《き》こえてる」

教頭先生《きょうとうせんせい》の後《うし》ろには、知《し》らないおばさんたち。

五人《にん》、ぐらいかな。みんな高《たか》そうな服《ふく》を着《き》てる。

あっ、もしかして、今日《きょう》挨拶《あいさつ》に来《き》てるっていう、サマーパーティの来賓《らいひん》の人《ひと》たちかも。

レオくんが、しれっと教頭先生《きょうとうせんせい》に聞《き》いた。

「ここで佐次《さじ》のキーホルダーがなくなったんです。マスコットのついたものなんですけど。すごく大事《だいじ》なものなんです。落《お》としたみたいで……心《こころ》あたりありませんか？」

「見《み》てないな。廊下《ろうか》にも落《お》ちてなかったし」

そうしたら、おばさんのひとりが、わざとらしくため息《いき》をついた。

「それより廊下《ろうか》を走《はし》る音《おと》もしましたけど。禁止《きんし》ですよねえ？　そもそも進路指導室《しんろしどうしつ》に、教《きょう》師《し》がいない間《あいだ》に生徒《せいと》を入《い》れてもいいのですか？」

うわ、イヤミっぽい。

廊下《ろうか》を走《はし》ったのはだめだけど……でもキヨくんの大事《だいじ》なものがなくなったのに！

そのとき、翔太《しょうた》くんがバっと頭《あたま》をさげた。

「……スイマセンでした！」

翔太《しょうた》くんが手《て》のひらを、痛《いた》そうなぐらい握《にぎ》りしめてる。

ホントは、ちょっとくやしいのかもしれない。

でも、悪《わる》いことをしたらきちんと謝《あやま》る。目上《めうえ》の人《ひと》には、敬語《けいご》。

こういう翔太《しょうた》くんの潔《いさぎよ》さとか、礼儀正《れいぎただ》しさは、先生《せんせい》たちにも一目置《いちもくお》かれてるんだ。

「まあまあ」

おばさんたちのなかから、きれいなお姉《ねえ》さんがひとりでてきた。

「大事《だいじ》なクマさんなんでしょ？　見《み》つかるといいわね」

うわ、美人《びじん》さんだ！

ふわっとした茶色《ちゃいろ》の髪《かみ》で、胸《むね》ぐらいまである。目《め》がたれ目《め》で、笑《わら》うとすごくやさしそうなの。それに、なんだかいいにおいがする。指先《ゆびさき》の青《あお》いネイルが、とてもきれいだった。

おばさんたちは、そのお姉《ねえ》さんが言《い》うなら、って、しぶしぶひきあげていった。

えらい人《ひと》なのかな……。

「ほら、早《はや》く帰《かえ》りなさい」

わたしたちは、教頭先生《きょうとうせんせい》に追《お》いだされるように、進路指導室《しんろしどうしつ》をでた。

（まだ、手《て》がかりちゃんとさがせてないのに！）

「くそ、なんなんだよ」

翔太《しょうた》くんがため息《いき》をついた。キヨくんがつぶやいた。

「パーティの来賓《らいひん》だろ。新条《しんじょう》さんと山崎《やまざき》さんがいた」

「知《し》り合《あ》いか？」

「ああ。父《とう》さんの知《し》り合《あ》い。両方《りょうほう》とも、市会議員《しかいぎいん》の奥《おく》さんだよ」

イヤミなおばさんが新条《しんじょう》さんで、きれいなお姉《ねえ》さんが山崎《やまざき》さんっていうみたい。

翔太《しょうた》くんが舌打《したう》ちした。

「くそ、今日《きょう》はもう入《はい》れないか……」

みんな、もどかしそうに進路指導室《しんろしどうしつ》をふりかえってる。

職員室《しょくいんしつ》の落《お》としもの置《お》き場《ば》にも寄《よ》ってみたけれど、そこにテディベアはなかった。

「……帰《かえ》るよ。塾《じゅく》があるから」

わたしたちは、去《さ》っていくキヨくんを呼《よ》びとめられなかった。

無表情《むひょうじょう》でつめたくて、氷《こおり》みたいなキヨくん。

翔太《しょうた》くんが、キヨくんにむかって叫《さけ》んだ。

「――キヨ！　明日《あした》、ぜったいいっしょにさがすんだからな」

キヨくんは、ふりかえらなかった。

帰《かえ》り道《みち》、わたしはひとりで、なんだかもやもやしていた。
キヨくんのテディベア、S《エス》クラスのみんなは知《し》ってるみたいだったよね。
S《エス》クラスの四人《にん》は、すごくかたい絆《きずな》でむすばれている。
わたし、翔太《しょうた》くんたちのこと、なんにも知《し》らないんだなって思《おも》っちゃったんだよね。
(仲間《なかま》はずれ、なんて思《おも》うのは、ちょっとちがうよね)
もともとあの四人《にん》とわたし、ぜんぜんつりあってないワケだし。
目立《めだ》たないためには、かかわりすぎちゃだめっていうのも、わかってる。
なくなっちゃったテディベアのことも気《き》になる。
キヨくんのことだって、やっぱりすごく心配《しんぱい》だし……。
あーあ、謎《なぞ》も悩《なや》みも、深《ふか》まるばっかりだ——……。

5　ルリちゃんの決意《けつい》

次《つぎ》の日《ひ》、クラスの話題《わだい》はやっぱりサマーパーティ。

ルリちゃんがキラキラした笑顔《えがお》で言《い》う。

「サマーパーティってドレスコードがあるんでしょ？」

〝正式《せいしき》な場所《ばしょ》にふさわしい格好《かっこう》をしなさい〟っていうルールのことだよ。

男《おとこ》の子《こ》はスーツやジャケット、女《おんな》の子《こ》はドレスやワンピースを着《き》るんだ。

ていうか、ドレスコードまであるなんて、ホントにうちの学校《がっこう》、本格的《ほんかくてき》。

ルリちゃんの目《め》が、とろけそうに甘《あま》くなる。

こういう目《め》のとき、ルリちゃんはぜったいに……翔太《しょうた》くんの話《はなし》をするんだ。

「あたし、赤《あか》いドレスにするんだ。翔太《しょうた》くんのユニフォームと、同《おな》じ色《いろ》なんだよ」

ちらっとわたしのほうを見《み》る。

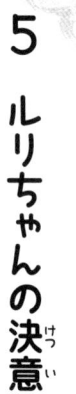

わたしは、ひょっと首《くび》をひっこめた。

「それに、どこかのだれかみたいに、汚《きたな》い格好《かっこう》でS《エス》クラスの前《まえ》にでるなんて、ぜったい無《む》理《り》だから。ホント、つりあわないし」

つられるみたいに、教室《きょうしつ》の女子《じょし》たちの視線《しせん》が、わたしに集《あつ》まった。

(視線《しせん》が痛《いた》い……)

でも、すごく情《なさ》けないことなんだけどさ。

……自分《じぶん》でも「たしかにそうかも」って思《おも》っちゃう。

(翔太《しょうた》くんのとなりに立《た》つんなら、きっとルリちゃんのほうがお似合《にあ》いだよ……)

赤《あか》いドレスのルリちゃんと、翔太《しょうた》くんが、サマーパーティで楽《たの》しく話《はな》すんだ。

わたしは、それを遠《とお》くから見《み》てるだけ。

その想像《そうぞう》は、わたしの胸《むね》にグサっとつきささった。

――……とんでもなく、痛《いた》かった。

顔《かお》をあげると、ルリちゃんが勝《か》ちほこったみたいに笑《わら》っている。

わたしは、首《くび》をぶんぶんと横《よこ》にふった。

（いやいや、地味《じみ》にはこれぐらいがいいんだ！　目立《めだ》ちたくないし、平穏《へいおん》がいいんだし！）

情《なさ》けなくたって……目立《めだ》って、学校生活《がっこうせいかつ》がオシマイになっちゃうよりずっといい。

今《いま》は、美化委員会《びかいいんかい》もある。クラスの子《こ》が時々話《ときどきはな》しかけてくれるときもある。

無視《むし》されつづけてた小学校《しょうがっこう》より、ずっとマシだもん！

（最近忘《さいきんわす》れがちだけど……これからはちゃんと、地味《じみ》をつらぬいて生《い》きるんだから！）

わたしが決意《けつい》をかためた、そのとき。

ルリちゃんが、勝《か》ちほこった笑顔《えがお》のまま、くすりと笑《わら》った。


「——あたし、パーティで翔太《しょうた》くんに告《こく》っちゃおうかな」


（——え……っ）

ドクン……っ。

心臓《しんぞう》が、すごくイヤな音《おと》でなった。

「えー、マジで!?」

「いいじゃん、ルリちゃんなら大丈夫《だいじょうぶ》だよ！」

まわりが、いっせいに盛《も》りあがる。

こ、告《こく》る……告白《こくはく》、ってこと、だよね？

もしかしたら、ルリちゃんが翔太《しょうた》くんの……彼女《かのじょ》になるかもって、ことだ。

うわ、なんだか、すごく苦《くる》しい。

(翔太《しょうた》くんとルリちゃんのことなのに。わたしに関係《かんけい》ないはずなのに、なんで――!!)


――……なんで、こんなに苦《くる》しいんだろう。


そのときだ。ガラっとドアがあいて、だれかがかけこんできた。

ルリちゃんが叫《さけ》んだ。

「翔太《しょうた》くん!?」

とつぜんのS《エス》クラスの登場《とうじょう》に、クラスがざわめく。

「おう、ええっと……春内《はるうち》の友《とも》だちだっけ？」

ルリちゃんはビミョウな顔《かお》をした。

そうだった。

翔太《しょうた》くんはわたしとルリちゃんが、すごく仲《なか》のいい友《とも》だちだと思《おも》ってるんだよね……。

ルリちゃんはひきつった笑顔《えがお》のまま、翔太《しょうた》くんに聞《き》いた。

「翔太《しょうた》くん、サマーパーティでるよね？　あたし、赤《あか》いドレスにしたんだよ！」

「へえ、いいじゃゃん。きっと似合《にあ》うぜ」

ルリちゃんは、目《め》をまるくして顔《かお》を真《ま》っ赤《か》にしてる。

「あ、あ……ありが、とう」

それを見《み》てると、なんだか、やっぱりすごく苦《くる》しい。

「あ、ゆず！」

翔太《しょうた》くんは、ルリちゃんからぱっとこっちに顔《かお》をむけた。

「ちょっと来《こ》い。レオとクロトも待《ま》ってる。ちょっとヤバイことが起《お》きてるかも」

翔太《しょうた》くんはわたしの机《つくえ》からカバンを持《も》ちあげた。

あっ、わたしのカバン！

「ほら、急《いそ》ぐぞ」

翔太《しょうた》くんがそのまま教室《きょうしつ》をかけだしていく。

「えぇえっ！」

（か、カバンが人質《ひとじち》に！　また！）

わたしは追《お》いかけるしかなくて……。

ルリちゃんがこわすぎて、ふりかえれなかった。

（め、目立《めだ》たないって、決《き》めたばっかりなのに――!!）


職員室《しょくいんしつ》の前《まえ》で、クロトくんとレオくんが待《ま》っていた。ふたりともなんだか浮《う》かない顔《かお》だ。

かけつけるなり、レオくんが言《い》った。

「やっぱり、キヨは学校《がっこう》に来《き》てない。先生《せんせい》に聞《き》いたら具合《ぐあい》が悪《わる》くて、休《やす》みだって」

「ええっ!?」

キヨくん大丈夫《だいじょうぶ》なのかな。

クロトくんが、スマートフォンを手《て》に言《い》う。

「キヨのおばあさんに聞《き》いてみたんだけど……あいつ昨日《きのう》、塾《じゅく》のあとすぐ帰《かえ》ってこなくて。家《いえ》に帰《かえ》ってきたの、深夜《しんや》だったんだって。それで体調《たいちょう》も悪《わる》いから、休《やす》ませるって……」

昨日《きのう》のテディベア、まだ見《み》つかってないよね。キヨくん、まさか夜中《よなか》にさがしてたんじゃ……！

翔太《しょうた》くんが小《ちい》さく舌打《したう》ちした。

「っあのバカ、いっしょにさがすぞっつったのに！」

ちょっとおこっているみたいだった。

だけどキヨくんのことが、すごく心配《しんぱい》なんだってわかる。

レオくんが言《い》った。

「……、あのときといっしょだな……」

「変《か》わってないっていうか。まったく……」

クロトくんも、ため息《いき》まじり。

『あのとき』って、きっと四人《にん》の思《おも》い出《で》の話《はなし》、だよね。

四人《にん》の絆《きずな》に……わたしなんて入《はい》れない。

いまさら、実感《じっかん》した、っていうのかな。

(わたし、ここにいていいのかな……)

急《きゅう》に、みんながすごく遠《とお》く思《おも》えた。

翔太《しょうた》くんが、ため息《いき》をついた。

「とりあえず明日《あした》、キヨんち行《い》くぞ。三時半《じはん》に駅前《えきまえ》な」

翔太《しょうた》くんがこっちをむいた。

「ゆずも行《い》くよな」

「あ……え、っと……」

「なに、用事《ようじ》か?」

「ちがうんだけど。……その。わたしも、行《い》ってもいいのかな、って」

翔太《しょうた》くんはきょとんとした。

「みんなみたいに、幼馴染《おさななじ》みじゃないし……」

「なに言《い》ってんだ? ゆずだって、キヨのこと心配《しんぱい》なんだろ」

そんなの、あたりまえだよ!

わたしはいきおいのまま言《い》った。

「わたし、キヨくんに笑《わら》ってほしい。今《いま》、すごくつらそうな顔《かお》してるの、イヤだよ」

ふっと、翔太《しょうた》くんが笑《わら》った。

「——じゃあ、お前《まえ》もおれたちといっしょじゃん。おれもキヨに笑《わら》ってほしい」

翔太《しょうた》くんが、念《ねん》を押《お》すように言《い》った。

「明日《あした》三時半《じはん》だぞ。忘《わす》れんなよ！　じゃあおれ部活《ぶかつ》行《い》くな！」

もう翔太《しょうた》くんは走《はし》りだしていて。赤《あか》いユニフォームの背中《せなか》だけが見《み》える。

耳《みみ》もとに、翔太《しょうた》くんの声《こえ》だけがじんわりと残《のこ》っている。

(いい、のかな)

——わたしもみんなの仲間《なかま》だって、思《おも》っていいのかな……。

6 キヨくんの家《いえ》

次《つぎ》の日《ひ》、土曜日《どようび》。わたしは駅前《えきまえ》についた。

みんな、もう来《き》てるかな。

きょろきょろしてると、一《いっ》か所《しょ》だけ、女《おんな》の人《ひと》がわさっと集《あつ》まってる場所《ばしょ》がある。

この光景《こうけい》、学校《がっこう》でよく見《み》る気《き》がする……。

その真《ま》ん中《なか》には、柱《はしら》にもたれてスマートフォンを見《み》てるレオくんがいた。

(レオくん、私服《しふく》だあ……)

その場所《ばしょ》だけ、スポットライトがあたったみたい。ひとりキラキラ輝《かがや》いてる。

白《しろ》いサマージャケット、細《ほそ》くて長《なが》い脚《あし》にぴったりのジーンズ。足《あし》もとはすごく高《たか》そうな革《かわ》グツ。

そこにいるだけで、雑誌《ざっし》の表紙《ひょうし》みたいだ。

まわりの人《ひと》たちも、ざわざわしてる。

「あれってモデルの白石玲央《しらいしれお》だよね……ウソ、本物《ほんもの》⁉　撮影《さつえい》⁉」

「先月《せんげつ》の『トランス・モード』の表紙《ひょうし》だったよね？　本物《ほんもの》のほうがカッコよくない⁉」

どこにいても、モテる人《ひと》なんだな……。

――って、言《い》ってる場合《ばあい》じゃない。

一歩《いっぽ》、二歩《ほ》、とあとずさる。

だって、ここに翔太《しょうた》くんとクロトくんが来《く》るんだよ。ぜったい、大《おお》さわぎだ！

（とりあえず一回《いっかい》逃《に》げる！）

そう思《おも》ったとき。レオくんがこっちに気《き》がついた。軽《かる》く手《て》をふって笑《わら》う。

「あれ、ゆず。来《き》てたんなら声《こえ》かけなよ」

（……見《み》つかったー……）

「……うん、今来《いまき》たとこ、だよ……はは」

後《うし》ろからひそひそ聞《き》こえてくるのは、ぜんぶ女《おんな》の子《こ》の声《こえ》。

「えー、レオがデート⁉　彼女《かのじょ》⁉」

「ぜったいちがうでしょ。あんな地味《じみ》なの。服《ふく》もダサいし」

……ぐっ……ここにもわたしの平穏《へいおん》はないのか！

でもレオくんは、まわりの視線《しせん》なんか少《すこ》しも気《き》にしない。

「ゆずの私服《しふく》、かわいいね。カーディガンもスカートも、色《いろ》が合《あ》ってて夏《なつ》っぽい」

「そうかなあ……」

今日《きょう》のわたしは、半袖《はんそで》のブラウスに、カーディガン。ひざ丈《たけ》スカートとサンダル。

お母《かあ》さんが、近所《きんじょ》のスーパーの二階《かい》で、買《か》ってきたやつ（しかもセール）。

モデルのレオくんの横《よこ》に立《た》ったら、きっと安《やす》っぽいしオシャレじゃないよ。

わたしは、レオくんをちらっと見上《みあ》げた。

「レオくんも、私服《しふく》？　撮影用《さつえいよう》の服《ふく》とかじゃなくて？」

だって、あんまりにもぴったりなんだもん。

「私服《しふく》だよ。自分《じぶん》で買《か》ったやつ。袖《そで》の折《お》りかえしとか、ボタンの色《いろ》とかこだわって――」

レオくんはちょっとうれしそうに、今日《きょう》のこだわりポイントについて話《はな》してくれた。

目《め》がキラキラしてる。

やっぱり、服《ふく》とかファッションが、すごく好《す》きなんだなあ。

そう思《おも》ったら、ぽろっと口《くち》からこぼれてた。

「……すごく、いいよね」

レオくんは、ぽかんとわたしを見《み》おろした。

「すごく服《ふく》が好《す》きなんだって、レオくんのキラキラした顔《かお》から伝《つた》わってくるんだもん」

レオくんはふい、と視線《しせん》をはずしてしまった。

「……そういうとこなんだよな。なんか、ゆずにはかなわないって気《き》ぃする」

はあ、とため息《いき》をついたレオくん。ちょっと顔《かお》が赤《あか》くなってて……。

(あっ、これ、照《て》れてるんだ！)

いつも余裕《よゆう》のレオくんだけど、実《じっ》は照《て》れ屋《や》さんだったりするらしいのだ。

で、それを知《し》られたくないっぽいんだよね。

ものめずらしくて、じっと見《み》つめる。

レオくんは口《くち》もとに手《て》をあてて、そっぽをむいた。

「……見《み》るなって」

（たまにはレオくんだって照《て》れたらいいや！）

仕返《しかえ》しだ！　と思《おも》っていると、レオくんはひとつ息《いき》をついて、くすっと笑《わら》った。

む、同《おな》い年《どし》のはずなのに、大人《おとな》の余裕《よゆう》って感《かん》じだ。

（っていうか、もういつものレオくん⁉）

「ゆずも私服《しふく》だと、イメージ変《か》わってすごくかわいいよ」

レオくんの手《て》が、そっとわたしの腕《うで》に触《ふ》れる。

じっと見《み》おろされる。

レオくんの瞳《ひとみ》って、すごく不思議《ふしぎ》な色《いろ》。青《あお》のような、緑《みどり》のような。

見《み》ているとすいこまれそうで……。

「ね、ゆず。おれたち、デートの待《ま》ち合《あ》わせって思《おも》われてるっぽいよ？」

顔《かお》、近《ちか》っ！

まわりの女《おんな》の子《こ》たちが、きゃあああっと悲鳴《ひめい》をあげていた。

「――っっ！！！」

いや、今叫《いまさけ》びたいのは、わたしのほう‼

「今度《こんど》はホントに、デートしよっか？」

レオくんの指先《ゆびさき》がするっと頬《ほお》をすべって……。

（ひぇえええ……）

たぶん、今顔《いまかお》、真《ま》っ赤《か》だと思《おも》う。

無理《むり》、もう無理《むり》だよー！

「――ボタン、一番上《いちばんうえ》はずれてるよ」

レオくんが、わたしのブラウスのボタンを、きゅっととめてくれた。

……………うん？

目《め》が合《あ》うと、なんだか余裕《よゆう》のほほえみ。

（――こ、この人《ひと》また、からかったなー‼）

わなわなしてると、レオくんが、

「残念《ざんねん》、時間《じかん》ぎれだね」

って言《い》いながら、ぱっと手《て》をはなした。

ふりかえると、翔太《しょうた》くんとクロトくんが、かけてくるところだった。

「悪《わり》ィ、遅《おそ》くなった」

翔太《しょうた》くんは、サッカー部《ぶ》の練習《れんしゅう》のあとなのかな。大《おお》きなスポーツバッグを肩《かた》からさげていた。いつもの赤《あか》いパーカーと黒《くろ》のハーフパンツ。

クロトくんは、黒《くろ》いロングカーディガン。右手《みぎて》にさげてるのは、ドーナツの箱《はこ》だ。しかも、十個《じゅっこ》ぐらい入《はい》るやつ（食《た》べきれるのかな……）。

翔太《しょうた》くんが不思議《ふしぎ》そうに首《くび》をかしげた。

「どうしたゆず？　顔赤《かおあか》いけど」

「なんでもないっ！」

わたしは思《おも》いっきり叫《さけ》んだ。レオくんが横《よこ》で笑《わら》っている。

あー、もう、すっごくむかつくっ！

わたしは、ふんっとそっぽをむいた。

「……──あーあ。翔太《しょうた》もクロトも、もうちょっと来《く》るの遅《おそ》くてもよかったのにさ」

「え？」

今《いま》、なにか言《い》った？

ふりかえると、レオくんが肩《かた》をすくめて、意味深《いみしん》に笑《わら》っていた。

キヨくんの家《いえ》の前《まえ》で、わたしはぽかん……と口《くち》をあけた。

（おとぎ話《ばなし》のおうちみたいだ……）

三階建《がいだ》ての、赤《あか》レンガの洋館《ようかん》。広《ひろ》い庭《にわ》には色《いろ》とりどりのバラが、いっぱい植《う》えられている。

おうちの門《もん》を、翔太《しょうた》くんは勝手《かって》にあけた。

「いいの？」

「ん？　ああ、おれたちしょっちゅう来《き》てるし、キヨのばあちゃんち」

……そっか。ここ、キヨくんのおばあちゃんちなんだ。

キヨくんは、お父《とう》さんとお母《かあ》さんが、海外《かいがい》で働《はたら》いてるんだって。だから、おばあちゃんちに住《す》んでるんだよね。

翔太《しょうた》くんやレオくん、クロトくんもみんな親《おや》が忙《いそが》しいから、キヨくんのおばあちゃんによく面倒《めんどう》を見《み》てもらってたって聞《き》いた。だから、四人仲《にんなか》よしになったんだよ。

でむかえてくれたキヨくんは、少《すこ》しだけ目《め》をまるくしてた。

「……どうしたの？」

翔太《しょうた》くんが不機嫌《ふきげん》そうににらむ。

「どうしたの、じゃねえよ。お前《まえ》おとどい、ひとりでテディベアさがしに行《い》ったんだろ」

「……いてもたってもいられなくて……」

「おれたち、いっしょにさがすって言《い》っただろ！」

キヨくんはまたあの、表情《ひょうじょう》のないつめたい顔《かお》をしてる。

「だけど、おれの問題《もんだい》だから。お前《まえ》たちには関係《かんけい》――」

「――関係《かんけい》ねェ、なんて言《い》ってみろ。おれ、マジでおこるから」

翔太《しょうた》くんが、すごく低《ひく》い声《こえ》で言《い》った。

翔太《しょうた》くん本当《ほんとう》におこってる……。

翔太《しょうた》くんは仲間思《なかまおも》いで、だれより熱《あつ》い心《こころ》を持《も》ってる。

だからキヨくんが『関係《かんけい》ない』って言《い》いかけたことに、すごくおこったんだ。

さすがのキヨくんも、ぐっと黙《だま》りこんだ。

このまま、ケンカになっちゃったらどうしよう！

わたしがあわあわしてると、クロトくんが、間《あいだ》に入《はい》ってくれた。

「はい、翔太《しょうた》もクールダウン。甘《あま》いものでも食《た》べて落《お》ちつこうよ」

ね、とクロトくんは、ドーナツの箱《はこ》をずいっと押《お》しつけた。

翔太《しょうた》くんが、一瞬《いっしゅん》きょとんとする。

「……そうだな。キヨ。みんなお前《まえ》のこと、心配《しんぱい》してる。ゆずだって」

わたしは大《おお》きくうなずいた。

「キヨくんは、昔《むかし》から無茶《むちゃ》するんだって聞《き》いたから……心配《しんぱい》になったんだよ」

翔太《しょうた》くんがニっと笑《わら》う。

「覚《おぼ》えてるよな、おれたちが出会《であ》ったときのこと。なあ、ゆずに話《はな》してやろうぜ」

キヨくんは、一度《ど》息《いき》をついた。

「……覚《おぼ》えてるよ」

そして、S《エス》クラス四人《にん》が出会《であ》うキッカケになった話《はなし》を、してくれたんだ。

7　四人《にん》の出会《であ》い

洋館《ようかん》のリビングで、わたしは四人《にん》が順番《じゅんばん》に話《はな》すのを聞《き》いていた。

レオくんが、なんだか懐《なつ》かしそうに笑《わら》う。

「おれたち、一年生《ねんせい》のときはクラスで孤立《こりつ》してたんだよな」

「ええっ!?」

だって、歩《ある》けば人《ひと》だかりができるこの四人《にん》が!?

クロトくんが肩《かた》をすくめた。

「ぼくは絵《え》ばっかり描《か》いてたし、レオは二学期《がっき》からの転校生《てんこうせい》。キヨも本《ほん》ばっかり読《よ》んでて。翔太《しょうた》くらいじゃない？　クラスで普通《ふつう》だったの」

「そうか？　まあ、おれもそのころ外《そと》のチームでサッカーしてたから、学校《がっこう》の友《とも》だちってあんまりいなかったんだよな」

（この四人《にん》にも、そんなころがあったんだ……）

でも、ちょっと納得《なっとく》できる。

四人《にん》の力《ちから》はすごい。飛《と》びぬけてるもん。

フツーじゃないってことが、どれだけクラスで生《い》きづらいか……わたしは、すごくよく知《し》ってる。

クロトくんが続《つづ》ける。

「一年生《ねんせい》の夏休《なつやす》み明《あ》けぐらいかな。レオが転校《てんこう》してきた、すぐあとぐらい。キヨがあの小《ちい》さいテディベアをカギのキーホルダーにしはじめたんだ。それで、『女子《じょし》かよ』って六年生《ねんせい》のセンパイにからかわれて、どっかに捨《す》てられちゃったんだよ」

ええっ、そんなのひどいよ！

「……だけど、翔太《しょうた》が取《と》りもどしてくれたんだ」

キヨくんが、そこでぽつりと言《い》った。

「翔太《しょうた》がそのセンパイのとこに行《い》って、問《と》いつめてくれたんだ。体格《たいかく》のぜんぜんちがう、六年生相手《ねんせいあいて》にさ、一歩《いっぽ》もひるまなかった」

「ぶん殴《なぐ》りそうないきおいだったけどな」

レオくんが笑《わら》う。

そっか。小《ちい》さいころから、翔太《しょうた》くんはぜんぜん変《か》わらないんだね。

曲《ま》がったことが嫌《きら》いで、なににだって立《た》ちむかっていける——すごく強《つよ》い人《ひと》！

キヨくんが顔《かお》をあげた。

「それでどこかに捨《す》てられたってわかった。たまたまいっしょだったクロトが絵《え》を描《か》いてくれて、それを手《て》がかりに、先生《せんせい》に聞《き》きまわったんだ」

クロトくんがあとを続《つづ》ける。

「キヨが覚《おぼ》えてたのを、描《か》いただけだよ。だけど見《み》つかったテディベア、破《やぶ》れて傷《きず》ついてたから。なおしたのはレオだよ」

「おれもそのときから、自分《じぶん》でいろいろ作《つく》ったりしてたから。なおしたっていっても、そのテディベアが持《も》ってるカバンのヒモ、縫《ぬ》ったぐらいだけど」

クロトくんが翔太《しょうた》くんをちらっと見《み》る。

「それで、そのときもキヨ、最初《さいしょ》は『みんなには関係《かんけい》ないから。ひとりでさがす』って言《い》ったんだ。だけど」

その先《さき》を、キヨくんは自分《じぶん》で言《い》った。

「翔太《しょうた》が、おれに言《い》ってくれたんだよ」


——そんなつらそうな顔《かお》すんなよな！

お前《まえ》、ひとりじゃないんだ。みんなを頼《たよ》れよ！


キヨくんが、ふと息《いき》をついた。

翔太《しょうた》くんの言葉《ことば》を思《おも》いだしたのかな。

「思《おも》いだしたかよ。頼《たよ》れ、って言《い》ったよな、おれ」

翔太《しょうた》くんがムスッと言《い》った。

「……そう、だった」

キヨくんは、なんだか肩《かた》の力《ちから》がぬけた……って感《かん》じに見《み》えた。

「ごめん、みんな」

翔太《しょうた》くんがニっと笑《わら》って、キヨくんの背中《せなか》をたたく。

「おう！　もうぜったいひとりでなんとかしようとすんなよな」

わたしはジーンとした。

友情《ゆうじょう》って、やっぱりすごくステキだ！

「じゃあ、甘《あま》いもので仲《なか》なおりだね」

クロトくんが、すごくうれしそうに、ドーナツの箱《はこ》を広《ひろ》げた。

ぱあって顔《かお》が輝《かがや》いてる。ホントにスイーツが好《す》きなんだなあ。

「ゆずちゃんは、なにが好《す》き？」

「えっと、イチゴのやつ！」

「おれチョコ！」

わ、翔太《しょうた》くん横《よこ》から手《て》、つっこまないで！

「おれ、ココナッツね」

と、レオくん。

「ぼくはシナモンにするよ。キヨはコーヒーだよね」

クロトくんが、コーヒー味《あじ》のドーナツを、キヨくんにわたす。

「……ありがとう」

みんながそれぞれ、ドーナツを食《た》べおわったあと（ちなみに、あまったドーナツは、ぜんぶクロトくんが食《た》べた。なんと、六個《ろっこ》も……）。

翔太《しょうた》くんが、みんなをぐるっと見《み》まわした。

「じゃあ、キヨのテディベアをさがさねえと、ってことだけど」

ほんわかしていた空気《くうき》が、きゅっとひきしまる。

キヨくんが、テディベアの写真《しゃしん》を見《み》せてくれた。

すごくかわいい！　でも……けっこう古《ふる》い？

テディベアは、手《て》のひらよりずっと小《ちい》さいと思《おも》う。首《くび》には、赤《あか》いリボンが巻《ま》いてあった。

それに、革《かわ》のカバンを肩《かた》からさげている。

クロトくんがへえ、とつぶやいた。

「ちゃんと見《み》るの、小学校《しょうがっこう》以来《いらい》だね。これ、けっこう本格的《ほんかくてき》なテディベアだね。生地《きじ》の張《は》り方《かた》から見《み》て、なかのつめものは『木毛《もくもう》』かな。古《ふる》いアンティークテディベアなんかに使《つか》われてる、木《き》を細《ほそ》く削《けず》ったものなんだけど……」

わたしはぽかん、とクロトくんを見《み》ちゃった。

写真《しゃしん》だけで素材《そざい》がわかっちゃうとか、さすが……。

レオくんが言《い》った。

「このテディベアについても、調《しら》べてみたほうがいいかもな。おれとクロトでやろう」

「なんでだ？」

翔太《しょうた》くんが聞《き》いた。

「もしかしたら、キヨのテディベア、盗《ぬす》まれたんじゃないかと思《おも》うんだ」

みんな、一瞬沈黙《いっしゅんちんもく》した。

レオくんはキヨくんのほうをむいた。

「キヨ、おととい夜《よる》に学校《がっこう》をさがして見《み》つからなかったんだよな？」

「ああ。裏《うら》のサクから入《はい》ったんだ。おれが進路指導室《しんろしどうしつ》で落《お》としたのを、だれかが拾《ひろ》って捨《す》てたのかも、って思《おも》って。ゴミ捨《す》て場《ば》とか、職員室棟《しょくいんしつとう》のまわりを調《しら》べた」

まだあのぬけ穴《あな》、残《のこ》ってたんだ……。

ちょっと前《まえ》に強盗事件《ごうとうじけん》があって、ふさがれちゃったんだよね。きっとあそこを使《つか》ってたセンパイたちが、またあけたんだろうなあ。

レオくんが、腕《うで》を組《く》んだ。

「……なあ、テディベアはカギについてたんだろ。だけどカギは無事《ぶじ》だった。テディベアだけどっか行《い》くってあるか？　どこかで落《お》としたとか、だれかがまちがって持《も》っていったって考《かんが》えるより……最初《さいしょ》からそれが目的《もくてき》だったっていうほうが、しっくりこないか？」

たしかに……。レオくんの言《い》うとおりだ。

クロトくんがうなずいた。

「可能性《かのうせい》はあるよね。ゆずちゃんがカメラアイで見《み》たとおり、先生《せんせい》とキヨが職員室《しょくいんしつ》に行《い》っている間《あいだ》、進路指導室《しんろしどうしつ》に入《はい》った人《ひと》がいる」

清掃業者《せいそうぎょうしゃ》と、キャビネットから資料《しりょう》を持《も》ちだした人《ひと》だ。

レオくんが続《つづ》ける。

「落《お》としもののセンもまだ捨《す》てきれないな。おれたちが最初推理《さいしょすいり》したみたいに、先生《せんせい》とか清掃業者《せいそうぎょうしゃ》とかが、落《お》としもの置《お》き場《ば》に持《も》っていき忘《わす》れてるのかもしれない」

翔太《しょうた》くんが、「じゃあ」、と言《い》った。

「週明《しゅうあ》け、職員室《しょくいんしつ》に用事《ようじ》あるから、おれ聞《き》いてみるわ。なにか知《し》ってるかもしんねえし」

クロトくんが、ふいにキヨくんのほうをむいた。

「キヨ、カバンのなかになにか手《て》がかりがないか、調《しら》べてみた？」

「いや、ちゃんとは調《しら》べてない。持《も》ってくる」

キヨくんはカバンを持《も》ってきてくれた。

カバンのなかはすごくきれいに整頓《せいとん》されていて、ムダがないって感《かん》じ。

ペンケースをあけたとき、キヨくんの手《て》が止《と》まった。

「――おれ、こんなの持《も》ってたっけ？」

黒《くろ》くて細《ほそ》いボールペンだ。ちょっと高《たか》そうに見《み》える。

「塾《じゅく》でペンケースあけたときは気《き》づかなかったけど……これ、おれのじゃない」

翔太《しょうた》くんがぽん、と手《て》をたたいた。

「これってさ、この間《あいだ》ゆずが言《い》ってたやつだろ？　なんとかってドラマの！」

「『コイニワ』！　あっ、持《も》ち物《もの》交換《こうかん》！」

全員《ぜんいん》が思《おも》わず、「ああ」と声《こえ》をだしていた。レオくんが言《い》った。

「ってことは、キヨのファンの子《こ》が、マスコットを持《も》っていって、かわりにボールペンを入《い》れたのかも、ってことか？」

「マジかよ！」

翔太《しょうた》くんが叫《さけ》んだ。

（あれ、でも待《ま》って。持《も》ち物交換《ものこうかん》って……）

わたしと同《おな》じこと、クロトくんも思《おも》ったみたい。

「でも、『コイニワ』の持《も》ち物交換《ものこうかん》は、ペンとペンとか、消《け》しゴムと消《け》しゴム、みたいに同《おな》じものなんじゃないの？」

いっせいにみんながわたしを見《み》た。

あ、そっか。この人《ひと》たちドラマ観《み》てないんだ。

「でも主役《しゅやく》って、レオくんのお姉《ねえ》さんなんじゃなかったっけ？　観《み》てないの？」

「うん。アンナ姉《ねえ》だろ。でも観《み》てねえよ。姉《ねえ》さんはぜったい観《み》るなってうるさいし」

クロトくんが、くすっと笑《わら》いながら教《おし》えてくれた。

「レオんちは四姉弟《きょうだい》で、レオが末《すえ》っ子《こ》なんだよ。アンナさんは二番目《ばんめ》のお姉《ねえ》さんだよね。で、レオはお姉《ねえ》さんには頭《あたま》があがらないんだ」

「しかたないだろ。けっこうこわいんだよ、あの人《ひと》たち」

レオくんはムスッと言《い》った。

レオくんが女《おんな》の子《こ》にやさしいっていうのも、お姉《ねえ》さんたちで慣《な》れてるからだったりして。

「でも、たしかに『コイニワ』だと、同《おな》じものを交換《こうかん》するの。だからこの場合《ばあい》、持《も》っていったのはボールペンだと思《おも》うんだけど」

「……ああ」

キヨくんはうなずいた。

「たしかにおれのボールペンなくなってる」

「それ、進路指導室《しんろしどうしつ》で使《つか》ってたやつだよね。わたし見《み》た」

「……待《ま》てよ、おれ、進路指導室《しんろしどうしつ》にもどったあとは、カバンを自分《じぶん》からはなしてないし、昨日《きのう》は休《やす》みだった。ボールペンを『持《も》ち物交換《ものこうかん》』したヤツも、あの日《ひ》指導室《しどうしつ》に来《き》て、おれのカバンをあけたってことになるんじゃないか」

……ま、待《ま》って！　なんだか、すごくややこしいことになってきた。

こんがらがってぐるぐるしていると、レオくんがまとめてくれた。

「テディベアは、盗《ぬす》まれた可能性《かのうせい》が高《たか》い。時間《じかん》は、キヨが進路指導室《しんろしどうしつ》にカバンを置《お》いていた間《あいだ》。その間《あいだ》に進路指導室《しんろしどうしつ》には『キャビネットから資料《しりょう》を持《も》ちだした人《ひと》』『清掃業者《せいそうぎょうしゃ》』『キヨのボールペンを持《も》ち物交換《ものこうかん》したヤツ』の三人《にん》が少《すく》なくとも来《き》たはず。このなかでテディベアの行方《ゆくえ》に一番関係《いちばんかんけい》ありそうなのは……」

――『持《も》ち物交換《ものこうかん》した人《ひと》』だよね。

だって、キヨくんのカバンのなか、直接見《ちょくせつみ》てるんだもん。

翔太《しょうた》くんが、ギラっと目《め》を光《ひか》らせた。

「犯人《はんにん》の可能性《かのうせい》もあるぜ」

クロトくんがまとめる。

「ボールペンの持《も》ち主《ぬし》を最優先《さいゆうせん》でさがそう。それとあの時間《じかん》、進路指導室《しんろしどうしつ》に入《はい》った残《のこ》りのふたりにも、話《はなし》を聞《き》きたいよね」

翔太《しょうた》くんが気合《きあ》いを入《い》れるように、ぱんっ、と手《て》をたたいた。

「週明《しゅうあ》け調《しら》べて、S《エス》ルームで報告《ほうこく》しあおうぜ！」

空《そら》が紫色《むらさきいろ》になるころ。キヨくんはわたしたちを見送《みおく》ってくれた。

門《もん》の前《まえ》で、クロトくんがふいにキヨくんに聞《き》いた。

「キヨ、そういえばあのテディベア、だれかにもらったの？」

キヨくんは一瞬《いっしゅん》黙《だま》りこんで。そしてゆっくりと口《くち》をひらいた。

「……おれのすごく大事《だいじ》な人《ひと》」

——全員《ぜんいん》が、キヨくんを見《み》た。

「あのテディベア、アンティークなんだよな。その人《ひと》、アンティークが好《す》きだったんだ」

そう言《い》うキヨくんの顔《かお》は、氷《こおり》のようなつめたい表情《ひょうじょう》。

わたしは……ううん。わたしたちは、直感《ちょっかん》した。

キヨくんが笑《わら》わなくなったのは——きっと、その人《ひと》に関係《かんけい》がある。

……結局《けっきょく》、その人《ひと》がだれなのか、だれも聞《き》けなかった。

キヨくんが背《せ》をむけてしまったから。

たぶん、話《はな》したくないって、ことなんだ。

帰《かえ》り道《みち》、みんなで少《すこ》し、その話《はなし》をした。

レオくんが、静《しず》かに言《い》う。

「……あいつがテディベアをキーホルダーにしはじめたのも、一年生《ねんせい》の夏休《なつやす》み明《あ》けぐらいだろ。時期《じき》は合《あ》う」

「笑《わら》わなくなったのも、そのころからだもんな」

ため息《いき》をついた翔太《しょうた》くんが、空《そら》を見上《みあ》げた。

「でもたぶんこれ以上《いじょう》は……キヨの問題《もんだい》だよな」

深刻《しんこく》そうな声《こえ》に、みんなうなずいた。

8 問題《もんだい》がいっぱい！

なんだかちょっとモヤモヤしたまま、わたしは月曜日《げつようび》の朝《あさ》をむかえた。

着《き》がえてキッチンに行《い》くと、お母《かあ》さんがこっちをふりかえった。

「ゆず、ちょっと」

どうしたんだろう。

お母《かあ》さんが机《つくえ》の上《うえ》に差《さ》しだしたものを見《み》て、わたしは「あっ」と声《こえ》をあげた。

まずい……サマーパーティのプリントだ！

……かくしてたやつ。

「これ、学校行事《がっこうぎょうじ》のプリントでしょ？　廊下《ろうか》に落《お》ちてたわよ。ねえ、どうしてださなかったの？　このサマーパーティっていうの、もうすぐじゃない」

お母《かあ》さんはふう、とため息《いき》をつく。

「こういうの、早《はや》めにだしてくれないと、お母《かあ》さんとお父《とう》さんの都合《つごう》もあるでしょ」

なんだかちょっと、イラっとした。

「……ツゴウって、だってお母《かあ》さんもお父《とう》さんも、どうせ来《き》てくれないじゃん」

イラっとしたまま、わたしは言《い》ってしまった。

うちは共働《ともばたら》きで、お父《とう》さんもお母《かあ》さんも、すっごく忙《いそが》しい。

「だったら、プリントなんてだしてもださなくてもいっしょだもん」

ぐっとうつむく。顔《かお》をあげて——一瞬《いっしゅん》ですごく後悔《こうかい》した。

だってお母《かあ》さんが、すごくつらそうな顔《かお》をしてたから。

どうしようもなくて、わたしはカバンを持《も》って家《いえ》を飛《と》びだした。

(うう……お母《かあ》さんとケンカしちゃったかも)

お母《かあ》さん、傷《きず》ついちゃったかな……。

すごく……イヤな気分《きぶん》。


わたしは、暗《くら》い気分《きぶん》で学校《がっこう》についた。

教室《きょうしつ》に入《はい》ったとたん、ルリちゃんの声《こえ》が飛《と》びこんでくる！

「この間《あいだ》の『コイニワ』観《み》た⁉　バラの庭《にわ》で、〝ずっと好《す》きでした……〟って告《こく》るの！」

「観《み》たよー！　それでつきあうシルシに、おたがいのキーホルダーを交換《こうかん》するんだよね」

そういえば、そんな回《かい》だったたっけ。

「あたしも、あんな風《ふう》にロマンチックに翔太《しょうた》くんに告《こく》りたいな」

ぎゅう……っ、とまた心臓《しんぞう》が痛《いた》くなる。

みんなの前《まえ》で『告白《こくはく》したい』って宣言《せんげん》するの、すごいよね。

それだけ、ルリちゃんは自信《じしん》があるってことだし。

そのとき、ルリちゃんがちらっとこっちを見《み》た気《き》がした。

まわりの子《こ》たちが、ルリちゃんに言《い》う。

「大丈夫《だいじょうぶ》だよ、あの子《こ》よりルリちゃんのほうが、翔太《しょうた》くんにふさわしいもん」

「翔太《しょうた》くんにっていうか、マジS《エス》クラスとつりあってないよね」

（そんなこと、わたしが一番《いちばん》知《し》ってるんだってば……）

ぐさぐさ刺《さ》さる視線《しせん》も、もう慣《な》れた。

べつに、翔太《しょうた》くんとルリちゃんがどうなったって……関係《かんけい》ないし。

なんでわたし、こんなに翔太《しょうた》くんとルリちゃんのこと、気《き》になってるんだろう。

今《いま》は、そんなこと考《かんが》えてる場合《ばあい》じゃないのになー……。


でも。ドアをあけるなり、翔太《しょうた》くんがこっちを見《み》て笑《わら》ってくれた。

なんとなく、今《いま》は翔太《しょうた》くんの顔《かお》、見《み》づらい……。

放課後《ほうかご》、サマーパーティ実行委員会《じっこういいんかい》の前《まえ》に、わたしはS《エス》ルームにむかった。


「おう、ゆず！」

……その笑顔《えがお》を見《み》ると、やっぱりちょっとうれしいなって思《おも》っちゃうんだよね。

うーん、フクザツ……。

S《エス》ルームのなかには、キヨくん、クロトくん、レオくんもそろっていた。

クロトくんが、目《め》をキラキラさせながら言《い》った。

「キヨ、このテディベアなんだけどさ、レオと調《しら》べたら、けっこうすごいものだったよ！」

「これ、ドイツの老舗《しにせ》メーカーのテディベアだ。しかも初期《しょき》に百個《ひゃっこ》だけ作《つく》られた、超《ちょう》レア！」

レオくんも、ちょっとテンション高《たか》めだ。

レオくんの長《なが》い指《ゆび》が、写真《しゃしん》のはしっこをさした。銀色《ぎんいろ》のリボンみたいなものが見《み》える。

「これテディベアについてるブランドタグなんだ。普通《ふつう》は茶色《ちゃいろ》なんだよ。だけどこれ銀色《ぎんいろ》だろ。シルバータグっていう、レア百個《ひゃっこ》にしかついてない特別《とくべつ》なやつなんだ」

クロトくんとレオくんは、どうだすごいだろう！　って感《かん》じで、興奮《こうふん》してるみたい。

でも、わたしと翔太《しょうた》くんは、ぽかん、としていた。

……いや、なんかすごいクマってことはわかったんだけど。

でもキーホルダーのテディベアだよ？　レアっていったって。

クロトくんは、ちょっともどかしそう。

「アンティークのなかじゃ、すごい価値《かち》があるんだって！　ガラスケースに入《はい》って博物館《はくぶつかん》に飾《かざ》られるレベル。キーホルダーとして持《も》ちあるいてるの、世界中《せかいじゅう》でキヨぐらいだと思《おも》う」

ええっ、そんなにすごいものなの⁉

キヨくんが、目《め》をまるく見開《みひら》いていた。

「……知《し》らなかった」

たしかに、キーホルダーにしちゃうぐらいだもん。キヨくんも価値《かち》なんて知《し》らなかったんじゃない？

「あと、だれが進路指導室《しんろしどうしつ》に出入《でい》りしたかって話《はなし》だけど」

みんなが翔太《しょうた》くんのほうを見《み》る。

「あの日《ひ》、進路指導室《しんろしどうしつ》って出入《でい》りがはげしかったっぽいんだよな。キャビネットの資料《しりょう》は、両方《りょうほう》とも数学《すうがく》の先生《せんせい》が持《も》ってったんだ。それに清掃業者《せいそうぎょうしゃ》ともかちあったって。清掃業者《せいそうぎょうしゃ》も、ゴミ回収《かいしゅう》してそうじ機《き》かけただけだってさ」

「それ、キヨがでていってから、どのぐらいだったかわかるか？」

と、レオくん。

「かなりあとだと思《おも》う。職員室《しょくいんしつ》から帰《かえ》ってくるキヨたち、見《み》たんだってさ」

「おれと進路指導《しんろしどう》の先生《せんせい》が職員室《しょくいんしつ》からもどる直前《ちょくぜん》に、数学《すうがく》の先生《せんせい》と業者《ぎょうしゃ》が来《き》た、ってことだな」

キヨくんが、時系列《じけいれつ》を整理《せいり》する。クロトくんがうなずいた。

「清掃業者《せいそうぎょうしゃ》と数学《すうがく》の先生《せんせい》がかちあってたってことは、どっちも犯人《はんにん》の可能性《かのうせい》、低《ひく》いよね」

っていうことは――……。

レオくんが軽《かる》く手《て》をあげた。

「『持《も》ち物《もの》交換《こうかん》』のボールペンも調《しら》べてみたけど、こっちは望《のぞ》みうす。普通《ふつう》の文房具店《ぶんぼうぐてん》で売《う》ってるからめずらしいモンじゃない。ゆずにも見《み》てもらったけど――」

「わたしも、カメラアイでボールペンを見《み》たけど、わかんなかった……」

これで、手《て》がかりゼロに逆《ぎゃく》もどり……。

(これ、けっこう手《て》づまりかも……)

みんながううん、と煮《に》つまりはじめたとき。

クロトくんが気分《きぶん》を変《か》えるように言《い》った。

「そういえばキヨ、テスト順位見《じゅんいみ》たよ。さすが、一位《いい》だったね」

そっか、進学《しんがく》クラスとS《エス》クラスは、テストの順位《じゅんい》が十番《じゅうばん》まで発表《はっぴょう》されるんだ。

レオくんが肩《かた》をすくめた。

「ほとんど満点《まんてん》だったもんな。今回平均点《こんかいへいきんてん》がすごく低《ひく》かったし、先生《せんせい》もビビってた」

平均点《へいきんてん》が低《ひく》いと、テストがよりむずかしいってこと、だもんね。

「キヨくんすごいね！」

「ああ。ありがとう。翔太《しょうた》はどうだった？」

翔太《しょうた》くんが、うっ、とくやしそうな顔《かお》をする。そういえば、総合順位《そうごうじゅんい》で十番以内《じゅうばんいない》をねらってたんだよね。

「……十六番《じゅうろくばん》」

進学《しんがく》クラスも含《ふく》めて十六番《じゅうろくばん》なら、すごいと思《おも》うんだけど……すっごくくやしそう。

「次《つぎ》はぜったい十番以内《じゅうばんいない》だからな！」

サッカーも勉強《べんきょう》も頑張《がんば》るって、やっぱり翔太《しょうた》くんすごいんだなあって思《おも》う。

感心《かんしん》していると、キヨくんがくるっとわたしのほうをむいた。

「ゆずは？」

「うえっ……」

へ、変《へん》な声《こえ》でた。

「……平均《へいきん》、ぐらい」

うう、進学《しんがく》クラスのテスト一位《い》の人《ひと》に言《い》うの、イヤだよー……。

みんなが意外《いがい》そうに首《くび》をかしげた。翔太《しょうた》くんが言《い》った。

「ゆずさ、カメラアイ使《つか》えば、テストとかかんたんなんじゃねえの？」

「うーん……」

そっか、今《いま》まで『EYE―S《アイズ》』では、そんなたくさん使《つか》ってなかったもんね。

「……これ、一気《いっき》に、あんまり何回《なんかい》も使《つか》えないんだよね」

「えっ⁉」

みんなが意外《いがい》そうな顔《かお》をした。

「覚《おぼ》えてる記憶《きおく》をさがすのって、けっこうつかれるみたいで……」

「なるほど、尋常《じんじょう》じゃなく集中《しゅうちゅう》するのかもしれないな」

キヨくんがうなずいてくれた。

だから、テストはホントに実力《じつりょく》なんだけど。

「でも、暗記系《あんきけい》の科目《かもく》は、もともとちょっと得意《とくい》なんだよ」

だけど……と、うつむいた。

「数学《すうがく》とか、古典《こてん》があんまりよくなくて、お母《かあ》さんに言《い》ったらおこられちゃうかも。ただでさえ今日《きょう》、ケンカしちゃったのに……」

「──ケンカしたのか、お母《かあ》さんと」

顔《かお》をあげると、じっとキヨくんがこっちを見《み》つめている。

「……うん。サマーパーティの招待状《しょうたいじょう》、かくしてたのバレちゃって……」

キヨくんがガタっと立《た》ちあがった。

「……早《はや》く仲《なか》なおりしたほうがいい。ぜったい」

「え、あ、うん……」

キヨくんの目《め》がこわいくらい真剣《しんけん》だった。

たしかに仲《なか》なおりしたいんだけど……でもキヨくん、ちょっと普通《ふつう》じゃない感《かん》じだ。

みんなもそう思《おも》ったのか、レオくんがキヨくんに声《こえ》をかけた。

「おい、キヨ……」

「……ああ、ごめん。なんでもない」

その顔《かお》は、やっぱり氷《こおり》みたい。

──翔太《しょうた》くんが、無言《むごん》で立《た》ちあがった。

深《ふか》く息《いき》をすって、キヨくんをまっすぐに見《み》た。

「……あのさ、キヨ。これ、キヨの問題《もんだい》だし、あんまり深《ふか》く聞《き》かねえほうがいいかなって思《おも》ってた。でもおれ……やっぱお前《まえ》がそんな顔《かお》してんのイヤだよ」

みんなの空気《くうき》がぴりっとする。

「おれたちが出会《であ》う前《まえ》に、お前《まえ》になにがあったんだよ。あのテディベアに関係《かんけい》あんのか？」

キヨくんが少《すこ》し息《いき》をつめて。

そして、ゆっくりとはきだした。

「……そろそろ、おれものりこえなくちゃと思《おも》ってたんだけど」

キヨくんがぽつりとこぼす。

そして、とんでもないことを言《い》ったのだ。

「小学校《しょうがっこう》一年生《ねんせい》の、夏《なつ》にさ。おれの本当《ほんとう》の母《かあ》さん——死《し》んだんだ」

9　キヨくんの過去《かこ》

翔太《しょうた》くんが、声《こえ》をあげた。

「は、なんだよそれ……おれたち聞《き》いてねえぞ」

「ああ。言《い》ってない……」

キヨくんが、みんなから、少《すこ》し視線《しせん》をそらした。

「――……言《い》えなかった」

すごく、苦《くる》しそうな声《こえ》……。

キヨくんは、ゆっくりと話《はな》しはじめた。

「おれの本当《ほんとう》の母《かあ》さん、体《からだ》がすごく弱《よわ》かったんだ。おれが青星学園《せいせいがくえん》の初等部《しょとうぶ》に入《はい》ったころ、とうとう入院《にゅういん》した。おれ、毎日《まいにち》お見舞《みま》いに行《い》って、母《かあ》さんもけっこう元気《げんき》に見《み》えてた」

キヨくんの声《こえ》が、静《しず》かにひびく。

「夏《なつ》になって、サマーパーティがあるって聞《き》いて。おれ、母《かあ》さんに来《き》てほしいってダダこねたんだよ」

こんなクールなキヨくんにも、そんな時期《じき》があったんだ……。

「それで、母《かあ》さん言《い》ってくれたんだ。〝それまでに治《なお》して、ぜったい行《い》くから〟って。でもさ……そのころ母《かあ》さん、もうベッドから起《お》きあがれなくて。パーティ来《こ》られなかった」

ずん、と空気《くうき》が重《おも》くなる。

きっと、この話《はなし》はここから、すごく悲《かな》しくなる。

それが、わかったから。

「おれ、サマーパーティの次《つぎ》の日《ひ》、すごくおこったんだ。どうして来《き》てくれなかったんだって。しかたがないんだ、ってわかってたけど、くやしくてさ」

キヨくんの声《こえ》が、だんだん苦《くる》しそうになっていく。

「……どうして、来《き》てくれないんだ。どうしておれと遊《あそ》んでくれないんだ。約束《やくそく》したのに。治《なお》すって言《い》ったのになんで……」

ぐ、とキヨくんが奥歯《おくば》をかみしめた。

うつむいて、押《お》しころすようにつぶやく。

「なんで、母《かあ》さん、元気《げんき》にならないんだ――」

……本当《ほんとう》は、お母《かあ》さんにパーティに来《き》てほしかった、とかじゃないんだ。

ただお母《かあ》さんに……元気《げんき》になってほしかった。

それだけだったんだ。

「結局《けっきょく》、おれずっとおこってて、ケンカみたいになって。でも次《つぎ》の日《ひ》に病院《びょういん》から呼《よ》びだしがあった。……かけつけたときには、もう母《かあ》さん……だめかもしれないって言《い》われたんだ」

じわっと目《め》に涙《なみだ》がにじんだ。

――だめだ、泣《な》いちゃだめ。

くちびるをぎゅっとかみしめる。

「母《かあ》さんの体《からだ》に透明《とうめい》の管《くだ》がいっぱいついてて、すごく苦《くる》しそうだった。いろんな機械《きかい》がピーピーなって、先生《せんせい》や看護師《かんごし》さんが叫《さけ》んでる声《こえ》が聞《き》こえて、うるさかったの覚《おぼ》えてる。

でも、そのとき、母《かあ》さんがおれに手《て》を伸《の》ばしたんだ」

——キヨ、ごめんね。でも泣《な》かないで……笑《わら》って。

気《き》がついたら、目《め》からぼろぼろ涙《なみだ》がこぼれている。

胸《むね》が痛《いた》くて、切《せつ》なくてたまらなかった。

「おれさ、最期《さいご》に母《かあ》さんに笑《わら》ってあげられなかった。病気《びょうき》でつらかったのは母《かあ》さんなのに、変《へん》な意地《いじ》はって。それから、楽《たの》しくて笑《わら》おうとするんだけど、そのたびに母《かあ》さんを思《おも》いだすんだ……」

……こうして、キヨくんはめったに笑《わら》わない【孤高《ここう》の天才《てんさい》】になった。

キヨくんは、カバンからハンカチをだした。

それをわたしにわたしてくれるときに、小《ちい》さくつぶやいた。

「ごめんな。泣《な》かせた」

ちがう。

本当《ほんとう》に悲《かな》しいのは、わたしじゃない。

ホントに泣《な》きたいのは、キヨくんのはずだから。

男子三人《だんしにん》は、すごく真剣《しんけん》な顔《かお》で、キヨくんの話《はなし》を聞《き》いていた。

でも、翔太《しょうた》くんは時々《ときどき》、こぶしを握《にぎ》ってたのが見《み》えた。

クロトくんが、聞《き》いた。

「じゃああのテディベア、もしかして……」

「母《かあ》さんのだよ。葬式《そうしき》が終《お》わったあと、父《とう》さんがわたしてくれたんだ。……おれが、次来《つぎき》たときに、わたすつもりだったたって」

大事《だいじ》な人《ひと》って、キヨくんの、死《し》んじゃったお母《かあ》さんのことだったんだね。

キヨくんが、あんなに一生懸命《いっしょうけんめい》さがしてた理由《りゆう》が、わかった。

「じゃあ、今《いま》のお母《かあ》さんは……」

レオくんが聞《き》いた。

「ああ。少《すこ》し前《まえ》に、父《とう》さん、再婚《さいこん》したんだ。海外《かいがい》で頑張《がんば》ってる父《とう》さんを支《ささ》えてくれてる。すごくいい人《ひと》だよ。今年初《ことしはじ》めて、ふたりでサマーパーティの時期《じき》に日本《にほん》に帰《かえ》ってくるんだ。だから……おれ、本当《ほんとう》の母《かあ》さんのこと、ちゃんとのりこえて、前《まえ》をむくいい機会《きかい》なんじゃないかと思《おも》って」

そのときのキヨくんは、意志《いし》の強《つよ》そうな言葉《ことば》とは反対《はんたい》で。

なんだかとても、さびしそうな顔《かお》をしていたと思《おも》う。

キヨくんはカバンを持《も》って立《た》ちあがった。

「だからゆずも、早《はや》くお母《かあ》さんと仲《なか》なおりしたほうがいい」

それは、痛《いた》いほど胸《むね》にひびいた。


キヨくんが帰《かえ》ったあとのS《エス》ルームで、翔太《しょうた》くんが言《い》った。

「……あのさ、おれ、すっげえ、くやしい」

翔太《しょうた》くんが、ぐっとうつむいた。

「夏《なつ》になるたび、ずっとキヨがおかしくなるの気《き》になってたんだよ」

「翔太《しょうた》……」

クロトくんが、小《ちい》さくつぶやいた。

「だけどおれ、六年《ねん》もいっしょにいるのに、キヨがあんなつらいことかかえてるなんて、ぜんぜん知《し》らなかった」

だから、くやしい。

翔太《しょうた》くんはそう言《い》った。

「母《かあ》さんが死《し》んだなんて、かんたんに言《い》えないに決《き》まってんだ。だけどおれ——それでも気《き》づいてやりたかったよ。あいつ、六年《ねん》もひとりで苦《くる》しんでたんだろ。なんで、おれ——

……っ」

(うわ、だめだ……涙《なみだ》、止《と》まらないよ)

また、ぼろぼろこぼれていた。

ずっと本当《ほんとう》のお母《かあ》さんのことを、かくしつづけてきたキヨくん。

きっとつらくてつらくて、言《い》えなかったんだ。

それに気《き》づきたかった、って言《い》う翔太《しょうた》くんの気《き》持《も》ちが、すごく胸《むね》にひびいた。

レオくんが小《ちい》さくうなずいた。

「ああ、おれも。くやしい」

「ぼくもだよ」

この三人《にん》が、落《お》ちこんでいるの、初《はじ》めて見《み》た。

……わたし、ずっとみんなのためになにかできないかって思《おも》ってた。Sクラス《エス》ってすごい人《ひと》ばっかりだから。わたしなんかつりあわないし、どれだけ役《やく》に立《た》てるんだろう、って思《おも》ってたのに……。

でも、今《いま》ちょっとだけわかったんだ。

わたしでもできることがある。

――みんなよりちょっと新《あたら》しい仲間《なかま》で、みんなのこと『すごい』って思《おも》いつづけてきたから、わかることもあるんだ。

そう気《き》づいたら、すごく勇気《ゆうき》がわいてきた。

涙《なみだ》でぬれた目《め》を、ごしごしっとこする。

「翔太《しょうた》くん！」

わたしは、いきおいのまま言《い》った。

今《いま》の勇気《ゆうき》を見失《みうしな》わないように。

「――らしくないよ！　翔太《しょうた》くんはいつだって、太陽《たいよう》みたいに笑《わら》って、だれかが落《お》ちこんでてもひっぱっていけるすごい人《ひと》だよ！」

わたしは、レオくんとクロトくんも見《み》た。

小《ちい》さいころ、「ひとりじゃない」と言《い》ってくれた翔太《しょうた》くんに、キヨくんは心《こころ》を開《ひら》いた。

みんなでいっしょに事件《じけん》を解決《かいけつ》して、それで、四人《にん》は仲間《なかま》になったんだ。

「レオくんとクロトくんと翔太《しょうた》くんと、キヨくん。みんなで協力《きょうりょく》して、仲間《なかま》になったんだよね。キヨくんのつらい思《おも》い出《で》……みんななら、きっと明《あか》るく照《て》らせるはずだよ！」

ぜったい！

「みんなで、いっしょに考《かんが》えたいよ」

翔太《しょうた》くんは、目《め》をまるくしてわたしのほうを見《み》ている。

――そして、ゆっくり笑《わら》った。

な、なんだろう……じんわりあたたかくて、すごくやさしい。

ゆっくり日《ひ》が昇《のぼ》っていくような、笑顔《えがお》。

（うわ……あ……）

かぁっと顔《かお》が熱《あつ》くなった。

「ありがとな、ゆず」

翔太《しょうた》くんは、すぐにぱっといつもの、すごく明《あか》るい笑顔《えがお》に変《か》わった。

なんだかちょっとほっとしてしまった。

や、だってあんな笑顔《えがお》、ずっと見《み》てたら、心臓破裂《しんぞうはれつ》しそう……。

それにしても、とレオくんがため息《いき》をつく。そして、くす、と笑《わら》った。

「太陽《たいよう》みたいに……ね。翔太《しょうた》だけずるい。おれにはないの？」

「えっ⁉」

「そうだ！」

翔太《しょうた》くんはむっと口《くち》をとがらせた。

「……お前《まえ》ちょっとは照《て》れろよ。そんなストレートに、すっげェハズい！」

「えっ！　いや、だったら翔太《しょうた》くんだっていつも思《おも》ったこと、そのまま言《い》うじゃん！」

「おれはいいの！　お前《まえ》はだめ！」

「ええっ、なんで！　ずるいそんなの！」

間《あいだ》にレオくんが、すっと割《わ》りこんだ。

「はいそこまでなー」

翔太《しょうた》くんは、ムスッとしたまま。やがて、ふっと笑《わら》った。

「でも元気《げんき》でたわ。たしかに、おれらしくなかった。落《お》ちこむとか性《しょう》に合《あ》わねえ！」

「そうだよ。切《せつ》ない思《おも》い出《で》ごと楽《たの》しくぬりかえる！　ぐらい言《い》ってくれないと」

（――……ん？）

わたしは、自分《じぶん》で言《い》ってはっとした。

翔太《しょうた》くんも、レオくんもクロトくんも、はっとした顔《かお》でこっちを見《み》ている。

「……それだ、ゆず！」

「えっ！」

「サマーパーティの時期《じき》が来《く》るたびに、キヨがつらくなるなら、そのぶん楽《たの》しい思《おも》い出《で》もたくさん作《つく》ってやればいいんだよ。どうせなら、この先《さき》ずっと楽《たの》しく思《おも》いだせるように」

クロトくんが、うなずく。

「それはいいね。本当《ほんとう》のお母《かあ》さんのことのりこえるってキヨは言《い》ったけど、でもそれも、キヨの大切《たいせつ》な思《おも》い出《で》だから。楽《たの》しい思《おも》い出《で》といっしょなら、きっと笑顔《えがお》で思《おも》いだせる日《ひ》が来《く》るよ」

「ああ。いっぱい作《つく》ってやろう」

レオくんが言《い》って、みんなで顔《かお》を見《み》あわせた。

キヨくんに、もっとずっと、楽《たの》しい思《おも》い出《で》を作《つく》ってあげたい！

「じゃあ、こういうの、どうかな」

わたしは「あること」を提案《ていあん》する。

みんなでこそこそと話《はな》しあって……。

「よし、それで行《い》こうぜ！」

翔太《しょうた》くんが、カバンをひっかけた。

「明日《あした》、キヨを笑顔《えがお》にする作戦《さくせん》、開始《かいし》な！」

「キヨのテディベア事件《じけん》もね」

クロトくんがつけくわえる。

レオくんとクロトくんは、仕事《しごと》に行《い》くから、と先《さき》にいっしょにでていった。

S《エス》ルームの前《まえ》で、翔太《しょうた》くんと別《わか》れたあと。わたしが歩《ある》きはじめて、すぐ。

「ゆず！」

翔太《しょうた》くんがわたしを呼《よ》びとめた。ふりかえると、翔太《しょうた》くんが手《て》をふっている。
「おれさ、キヨだけじゃなくて——お前《まえ》にも笑《わら》っててほしい」
じゃあな、と翔太《しょうた》くんがくるっと背《せ》をむけて、走《はし》りだしていった。
赤《あか》いユニフォームが夕日《ゆうひ》にとけていく。
わたしはそれを呆然《ぼうぜん》と見《み》ているしかなかった。
顔《かお》は、たぶん真《ま》っ赤《か》。
（……うわあぁあもう、ドキドキするっ……！！）

10 『キヨくんを笑顔《えがお》にする作戦《さくせん》!!』

次《つぎ》の日《ひ》。サマーパーティの準備中《じゅんびちゅう》。

わたしは、準備《じゅんび》しながらそわそわしていた。

なんたって〝作戦《さくせん》〟、これから実行《じっこう》するんだから！

（……うまくいきますように！）

そのとき、会議室《かいぎしつ》のドアをばん、とあけてだれかが入《はい》ってきた。

「——おじゃましまーす」

会議室中《かいぎしつじゅう》が、ざわりとした。

翔太《しょうた》くんとレオくんが、ならんで立《た》っているからだ。

「S《エス》クラスの翔太《しょうた》くん!?」

「ウソ！　レオくんもいる！」

レオくんがにこ、と笑《わら》った。

「先生《せんせい》に呼《よ》ばれて、助《すけ》っ人《と》で来《き》たんだ。あとふたり――」

顔《かお》をだしたのは、クロトくんとキヨくんだった。キヨくんはクロトくんにひっぱられてきたみたいで、ちょっと顔《かお》をしかめている。

そうなの。これ『キヨくんを笑顔《えがお》にする作戦《さくせん》!!』なんだよね！

……作戦名《さくせんめい》、そのままだけど。

みんなでなにかひとつのことをするって、すごく楽《たの》しいと思《おも》うんだ。

だから、キヨくんもその楽《たの》しさを味《あじ》わってくれたらな、って。

昨日《きのう》、みんなで相談《そうだん》したんだよね。

先生《せんせい》にはうまく言《い》っとく、って、レオくんが言《い》ってくれた。

翔太《しょうた》くんがニカっと笑《わら》って言《い》った。

「で、おれたちなにを手伝《てつだ》えばいいんだ？」

委員長《いいんちょう》は、先生《せんせい》から聞《き》いてたみたいで、あんまりおどろいていなかった。

「実《じつ》は、花《か》びんの数《かず》がたりなくて。新《あたら》しい飾《かざ》りつけを考《かんが》えなくちゃいけないんだけど……」

そうなんだよね。

パーティ会場《かいじょう》の教会《きょうかい》と中庭《なかにわ》に、お花《はな》（本物《ほんもの》だよ！）を飾《かざ》るはずだったんだけど……。大《おお》そうじのときに、花《か》びんの半分以上《はんぶんいじょう》が捨《す》てられちゃったんだって。

翔太《しょうた》くんが、クロトくんのほうを見《み》た。

「クロト、お前《まえ》なんとかできるんじゃねえの？　そういうの得意《とくい》だろ」

「ぼく、専門《せんもん》は西洋画《せいようが》なんだけどなあ」

レオくんが、その肩《かた》をぽんとたたいた。

「でもおばさんから、生《い》け花《ばな》教《おし》えてもらってるんだろ？」

ん？　と首《くび》をかしげているわたしの横《よこ》で、クロトくんファンの子《こ》が教《おし》えてくれた。

「クロトくん、お母《かあ》さんが華道家《かどうか》なんだよ。お父《とう》さんが写真家《しゃしんか》で、おじいさんが日本画家《にほんがか》。芸術一家《げいじゅついっか》なんだって」

（……よく知《し》ってるなあ……）

ファンの子《こ》の情報網《じょうほうもう》って、どうなってるんだろう。

クロトくんはおもむろに、カバンのなかからスケッチブックをひっぱりだした。

ついでにカバンから、ぼろぼろとお菓子《かし》が落《お》ちる。

相変《あいか》わらず、カバンはお菓子《かし》でいっぱいみたい……。

キヨくんが、あきれたようにキャンディやチョコレートを拾《ひろ》った。

「お前《まえ》、整理《せいり》しろって言《い》っただろ……」

「ごめんごめん。でも――こういうのどうかな」

クロトくんが、スケッチブックにさらさらとなにか描《か》いていく。

「家庭科室《かていかしつ》の大《おお》きなガラスのボウルを使《つか》うんだ。水《みず》をはって、花《はな》を浮《う》かべて……」

レオくんがうなずいた。

「そしたら下《した》に布《ぬの》をしこうぜ。二枚重《まいかさ》ねるんだ。一枚《まい》を柄《がら》、もう一枚《まい》を無地《むじ》にすれば、色《いろ》のバランスもいいしな」

「それ、すごくいいね」

翔太《しょうた》くんが横《よこ》から割《わ》りこんだ。

「じゃあ、準備《じゅんび》するものも増《ふ》えるよな。おれサッカー部《ぶ》に声《こえ》かけるぜ。実行委員《じっこういいん》って女子《じょし》ばっかりだし、重《おも》い荷物運《にもつはこ》べるヤツがいるだろ」

「それ助《たす》かるな、サンキュ、翔太《しょうた》」

レオくんがうなずいた。

……実行委員《じっこういいん》は、みんな、ぽかんと口《くち》をあけていた。

「……すごい」

困《こま》ってたことが、一気《いっき》に解決《かいけつ》しちゃった。

くるっと翔太《しょうた》くんがこっちをむいた。

「これでどうっすか、委員長《いいんちょう》」

五木《いつき》センパイははっと顔《かお》をあげた。

「は、はい。あ、うん。お願《ねが》いしてもいいかな」

「――じゃあやろうぜみんな！」

翔太《しょうた》くんがかけ声《ごえ》をかけた瞬間《しゅんかん》。

みんながわっと盛《も》りあがった！

翔太《しょうた》くんは、家庭科室《かていかしつ》へボウルを取《と》りに行《い》ってくれた。クロトくんはお花《はな》のカタログをめくってる。レオくんは、スマートフォンで布《ぬの》の色味《いろみ》を確認《かくにん》していた。

わたしは、ちらっとキヨくんのほうを見《み》た。

無表情《むひょうじょう》のまま、クロトくんの横《よこ》にいるんだけど。

――よし！

「キヨくん」

わたしは、まわりが盛《も》りあがっているのをいいことに、キヨくんに声《こえ》をかけた。

いちおう、地味《じみ》な美化委員《びかいいん》ばっかりだけど、まわりの視線《しせん》には気《き》をつけたいところ。

(今《いま》なら、声《こえ》かけてもセーフだよね……！)

「今《いま》から、造花《ぞうか》を作《つく》ってもらいます！」

「なんで敬語《けいご》？」

「いいから！」

カラーペーパーを重《かさ》ねて折《お》って、針金《はりがね》とリボンでとめる……っていう、やり方《かた》。

キヨくんは、しぶしぶっていう感《かん》じでやってくれた。

……けど……。

いつの間《ま》にか、横《よこ》から見《み》ていたレオくんが、あきれたように言《い》った。

「キヨお前《まえ》……いくらなんでもこれは……」

完成《かんせい》したキヨくんのお花《はな》は――いや、これ『お花《はな》』って言《い》っていいのかな？

くしゃくしゃにまるめた紙《かみ》のなにか、って感《かん》じ。

クロトくんが、ふふっと笑《わら》った。

「キヨ、けっこう不器用《ぶきよう》だもんね」

え、ええー……！

だってキヨくんって、スキがなくてパーフェクトって感《かん》じなのに!?

まさか、こんな弱点《じゃくてん》があるなんて……。

「いや、待《ま》て、これぐらいできるから」

キヨくんは、ちょっとムキになりながら、新《あたら》しいペーパーを手《て》に取《と》った。

レオくんも苦笑《にがわら》い。

「いや、不器用《ぶきよう》ったって限度《げんど》があるだろ……おい、翔太《しょうた》」

「なに？」

翔太《しょうた》くんは、ちょうど、家庭科室《かていかしつ》からボウルを持《も》ってきてくれたところなんだ。

「ちょっとこれで花作《はなつく》ってみろよ」

「おー」

翔太《しょうた》くんが作《つく》ったのは、ちょっとくしゃってなってるけど、きれいな花《はな》だ。

「ほら、運動《うんどう》バカの翔太《しょうた》でもこれぐらいできる」

「おい待《ま》てレオ、だれがバカだ！」

翔太《しょうた》くんがじろっとレオくんをにらみつけた。

「見《み》てろ。おれだって……」

と、キヨくんが再挑戦《さいちょうせん》するんだけど……。

やっぱり、なにかわかんないくしゃくしゃの紙《かみ》のかたまりになるんだよねー……。

キヨくんもけっこう負《ま》けず嫌《ぎら》いみたい。

「もう一個《いっこ》！」

って、あきらめないし、なんかムキになってる。

そのときだ。五木《いつき》センパイが、すごく困《こま》った顔《かお》でもどってきた。

「……先生《せんせい》に聞《き》いたら、残《のこ》りの予算《よさん》が一万円《いちまんえん》ぐらいなんだって。布買《ぬのか》うのにたりるかなあ」

SEISEI

レオくんが、あごに細《ほそ》くて長《なが》い指《ゆび》をあてた。

「無地《むじ》と柄《がら》で値段《ねだん》もちがうし。無地《むじ》でも一メートル四方《しほう》で四《し》、五百円《ごひゃくえん》はするから……」

そのとき、キヨくんが言《い》った。

「――無地《むじ》の布《ぬの》が一メートル四百円《よんひゃくえん》から五百円《ごひゃくえん》なら、柄《がら》の布《ぬの》は一メートル約千百五十円《やくせんひゃくごじゅうえん》から千二百五十円《せんにひゃくごじゅうえん》の範囲《はんい》まで買《か》える。けっこういいのが買《か》えそうだけど」

みんな、目《め》をまるくしてキヨくんを見《み》ていた。

キヨくんはそのまま、顔《かお》もあげずに続《つづ》けた。

「花《か》びんとボウルが約六十個《やくろくじゅっこ》必要《ひつよう》として、布《ぬの》は一枚《まい》あたり三十《さんじゅっ》センチ×三十《さんじゅっ》センチとする。無地《むじ》と柄《がら》で一枚《まい》ずつ、各六十枚《かくろくじゅうまい》。必要《ひつよう》なのは一メートル四方《しほう》の布《ぬの》が六メートル分《ぶん》。予算《よさん》は一万円以下《いちまんえんいか》。式《しき》にすると六メートル×x円《エックスえん》＋六メートル×y円《ワイえん》≦一万円《いちまんえん》。無地《むじ》の布《ぬの》が四百《よんひゃく》円《えん》から五百円《ごひゃくえん》と仮定《かてい》。x《エックス》の範囲《はんい》が決《き》まるから……」

「――……ま、待《ま》てまて、わかった！　いや、ぜんぜんわかんねえけど！」

翔太《しょうた》くんが慌《あわ》てたようにキヨくんを止《と》めた。

そこでようやくキヨくんは顔《かお》をあげた。

「どうした？」

「それ今《いま》一瞬《いっしゅん》で考《かんが》えたのかよ……」

「順番《じゅんばん》にゆっくり考《かんが》えれば、だれでも解《と》けるよ」

いやいや、フツー無理《むり》だよ。あれを一瞬《いっしゅん》で考《かんが》えるなんて……。

みんなざわざわしてる。

キヨくんはまわりからの視線《しせん》なんて、ちっとも気《き》にすることなく。花作《はなづく》りに夢中《むちゅう》だった。

「これでどうだ」

それは——やっぱり紙《かみ》のかたまり。

キヨくんホント不器用《ぶきよう》なんだね……。

「ふふっ……」

それを見《み》ていた、キヨくんのファンの子《こ》が笑《わら》った。

「まず、ちゃんと、はしとはしを合《あ》わせて折《お》ると、きれいだよ」

「そうなのか？」

キヨくんが顔《かお》をあげて、その子《こ》を見《み》た。

その子《こ》はぱっと顔《かお》を赤《あか》くして、大《おお》きくうなずいた。
それで、みんなキヨくんにちょっと近《ちか》づきやすくなったんだと思《おも》う。
どうも、女《おんな》の子《こ》ってこういうちょっと不器用《ぶきよう》な感《かん》じ、放《ほう》っておけないみたいだし。
キヨくんのまわりにはみんなが集《あつ》まりはじめて、わいわいと造花作《ぞうかづく》りが始《はじ》まった。
「……うまくいくと、けっこうおもしろいな」
なんて、満足《まんぞく》そうに言《い》ったキヨくん。
その手《て》には……ぜんぜん上達《じょうたつ》しない、紙《かみ》のかたまり。
わたしと翔太《しょうた》くん、レオくん、クロトくんは、ちらっと目配《めくば》せをした。
キヨくん、ちょっとは楽《たの》しんでくれてる、よね！
だって、夏《なつ》を前《まえ》に、氷《こおり》みたいにつめたかったキヨくんの視線《しせん》が。
……少《すこ》しだけ、やわらかくなっていたから。
飾《かざ》りつけの打《う》ち合《あ》わせが終《お》わって、翔太《しょうた》くんたちが部活《ぶかつ》や仕事《しごと》に行《い》ったあと。
わたしたち美化委員《びかいいん》は、会議室《かいぎしつ》のあと片《かた》づけをしていた。

わたしが顔《かお》をあげたとき。
五木《いつき》センパイが、日誌《にっし》を書《か》くために、ボールペンを取《と》りだしたところだった。
(――あれ……)
あのボールペン……。
胸《むね》の奥《おく》が、ざわっとした。
実行委員会《じっこういいんかい》が解散《かいさん》したあと、わたしは廊下《ろうか》のはしっこにかけこんだ。
こっそり、カメラアイを発動《はつどう》する。
思《おも》いだしたいのは――キヨくんが持《も》っていたはずのボールペン。
あの日《ひ》、進路指導室《しんろしどうしつ》で使《つか》っていたものだ。
ぎゅっと、目《め》を閉《と》じた。

キュイイイイン!!

わたしのまわりを記憶《きおく》が吹《ふ》きあがっていく。

——これ！

ぱっと目《め》をあける。

「……やっぱり、そうだ」

五木《いつき》センパイが持《も》っているのは、キヨくんのボールペンだ。

傷《きず》とか、小《ちい》さな汚《よご》れとかがぜんぶ同《おな》じなんだもん。

ってことは、五木《いつき》センパイが、キヨくんと自分《じぶん》のボールペンを『持《も》ち物交換《ものこうかん》』した人《ひと》だ。

そして——……キヨくんの、マスコットのありかを知《し》っているかもしれない人《ひと》。

ど、どういうこと……？

だってもしそうなら、あの厳《きび》しい委員長《いいんちょう》が……キヨくんのことを好《す》きだってことになる。

……みんなに、伝《つた》えなくちゃいけない。

でも……、ルリちゃんは言《い》ってた。

『自分《じぶん》で、翔太《しょうた》くんに伝《つた》えたいの』……って。

もし、センパイがキヨくんのことを、レンアイって意味《いみ》で好《す》きなんだったら。

これは……センパイが自分《じぶん》で伝《つた》えなくちゃいけないことじゃないのかな。

一晩《ひとばん》ずっと考《かんが》えて、わたしは結局《けっきょく》、次《つぎ》の日《ひ》みんなに話《はな》すことにした。

キヨくんのテディベアの手《て》がかり、センパイが持《も》ってるかもしれないんだ。

あれは、キヨくんのお母《かあ》さんの……形見《かたみ》だから。

朝《あさ》、授業《じゅぎょう》が始《はじ》まる前《まえ》に、みんなにS《エス》ルームに来《き》てもらった。

ぜんぶ話《はな》して。

最初《さいしょ》に「そう」と言《い》ったのはクロトくんだった。

「センパイに、話《はなし》、聞《き》きに行《い》かないといけないね。テディベアのこと、知《し》ってるかどうか」

「そうだな」

翔太《しょうた》くんがうなずいた。

キヨくんが、小《ちい》さく息《いき》をついた。

「……おれが行《い》くよ。ひとりで行《い》く」

キヨくんが言《い》った。

みんなは、なにも言《い》わないままうなずいた。
だれもいっしょに行《い》っちゃいけないんだって、わかっているみたいだった。

放課後《ほうかご》。
わたしは、ひとりで職員室棟《しょくいんしつとう》のはしっこ、資料室《しりょうしつ》にいた。
サマーパーティの準備《じゅんび》で、必要《ひつよう》な資料《しりょう》を取《と》りにきたんだ。
そのとき、外《そと》から物音《ものおと》がした。ドアをちょっとだけあけると……。
（——うわ！　キヨくんとセンパイだ！）
そっか、ここあんまり人《ひと》、通《とお》らないもんね……。
って、これ、今《いま》からじゃ逃《に》げられない！
慌《あわ》ててドアを閉《し》める。でも、外《そと》の声《こえ》はとぎれとぎれに聞《き》こえてきた。
キヨくんがボールペンの話《はなし》をして、センパイは息《いき》をのんだみたいだった。
それで、やっぱりセンパイが、ボールペンを『持《も》ち物交換《ものこうかん》』したんだって、わかった。
「おれは、こういうやり方《かた》は、だめだと思《おも》います」

「……ごめんなさい」

センパイが謝《あやま》って、しばらく沈黙《ちんもく》が続《つづ》いた。

「——……あの、佐次《さじ》くん」

五木《いつき》センパイの、少《すこ》しふるえるような声《こえ》。

耳《みみ》をふさごうと思《おも》った。聞《き》いちゃだめだ。

でも、間《ま》にあわなかった。

「——あなたのことが、好《す》きです」

キヨくんはゆっくり答《こた》えた。

「……おれ、今《いま》は彼女《かのじょ》とか考《かんが》えられないんです。だけど……だれかに好《す》きになってもらえるのは、すごくうれしい。ありがとうございます」

キヨくんらしい、誠実《せいじつ》でやさしい答《こた》えだった。

だれかが立《た》ちさる音《おと》がした。

わたしは、資料室《しりょうしつ》のドアをあけてそっと外《そと》をのぞいた。

キヨくんはいなくて、センパイだけがひとり、残《のこ》っている。

「……センパ……」
肩《かた》がふるえてる。センパイ、泣《な》いてるんだ……。
（……声《こえ》、かけちゃだめだ）
資料室《しりょうしつ》の壁《かべ》にもたれて、ずるずると座《すわ》りこむ。
恋《こい》って、つらいんだな、って思《おも》う。
あんな風《ふう》に泣《な》いちゃうぐらい、五木《いつき》センパイはキヨくんに真剣《しんけん》だった。
ふ、と思《おも》った。
（……たぶん、ルリちゃんもそうなんだ）
ルリちゃんは、翔太《しょうた》くんに告白《こくはく》するって言《い》った。
だれかに『好《す》き』って伝《つた》えることは、すごく真剣《しんけん》なことだ。
本気《ほんき》になればなるほど、傷《きず》ついて、つらくて、苦《くる》しくて。
わたしも、本気《ほんき》で――だれかを好《す》きになるってことがあるのかな。
その瞬間《しゅんかん》。
――頭《あたま》のなかに、太陽《たいよう》みたいな笑顔《えがお》が浮《う》かんだ。

……え……っ？　翔太《しょうた》くん……？

（ち、ちがうちがう！　たまたま！　偶然《ぐうぜん》！）

ルリちゃんのこと、考《かんが》えてたから！

……でも翔太《しょうた》くん、きっとあんな風《ふう》に告白《こくはく》されたこと、たくさんあるはず。

泣《な》いちゃうぐらい本気《ほんき》の子《こ》が、何人《なんにん》も翔太《しょうた》くんにぶつかっていった。

そして、翔太《しょうた》くんもきっと、真剣《しんけん》に答《こた》えたんだ。

そういえば、翔太《しょうた》くんって彼女《かのじょ》いるのかな。何人《なんにん》ぐらいに告白《こくはく》されたんだろう。今《いま》はいなくても、今《いま》まではどうだったんだろう……。

急《きゅう》にいろんなことが気《き》になった。

（——って、ちがう!!）

そんなこと、わたしには関係《かんけい》ないのにー!!

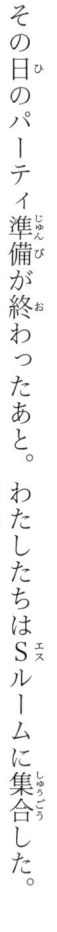

11 犯人《はんにん》はだれ⁉

その日《ひ》のパーティ準備《じゅんび》が終《お》わったあと。わたしたちはS《エス》ルームに集合《しゅうごう》した。

キヨくんは、センパイのことをみんなに説明《せつめい》してくれた。

「あの日《ひ》、センパイが廊下《ろうか》を通《とお》りかかったとき、指導室《しどうしつ》のドアがあいてて、おれのカバンが床《ゆか》に転《ころ》がってたんだって。中身《なかみ》も飛《と》びだしてたから、もどそうとしてくれたみたいなんだ」

そのときにボールペン、入《い》れかえちゃったんだ。

レオくんが「待《ま》てよ」と言《い》った。

「それって、だれかがキヨのカバンをあさったあと、ってことだよな」

「ああ。たぶんそのときには、もうテディベアもなかったんだと思《おも》う」

キヨくんが続《つづ》けた。

「それで気《き》づいたことがないか、聞《き》いてみたんだけど『カバンに、なんだかキラキラしたものがくっついてたから、ゴミだと思《おも》ってゴミ箱《ばこ》に捨《す》てた』って」

キヨくんとクロトくんが、目配《めくば》せをしあう。

「で、もしかしてと思《おも》って、ゴミ箱《ばこ》さがしてみたんだ」

「でも、何日《なんにち》か経《た》ってるから、捨《す》てられちゃってるんじゃ……」

わたしが言《い》うと、クロトくんがハンカチを広《ひろ》げた。

「うん。でも底《そこ》のほうにこれが一個《いっこ》だけ、貼《は》りついてた」

そのハンカチのなかに、すごく小《ちい》さな、キラキラした石《いし》がひとつある。

なんだろう、これ。

レオくんがあっさり答《こた》えをだしてくれた。

「ラインストーンだな。アクセサリーとかに使《つか》う、小《ちい》さなビーズ。なあクロト、お前《まえ》あの虫眼鏡《むしめがね》みたいなの持《も》ってる？」

「ルーぺって言《い》ってくれる？」

クロトくんは、カバンのなかから黒《くろ》いきんちゃく袋《ぶくろ》を取《と》りだした。クロトくんの大事《だいじ》な道具《どうぐ》で、片目《かため》にあてて使《つか》う、銀色《ぎんいろ》のルーペが入《はい》ってるんだ。

レオくんは、それを片目《かため》にあてた。

「やっぱり。上《うえ》から透明《とうめい》のコートがかかってる。石《いし》の底《そこ》に青色《あおいろ》がついてるのが見《み》える。これマニキュアだ。ネイルアートに使《つか》ったんだよ」

「ネイルアートって、爪《つめ》にマニキュアをぬったりして、キラキラさせるやつだよね」

「そ。一回《いっかい》マニキュアをぬった上《うえ》に、ラインストーンを置《お》いて、トップコートっていう透《とう》明《めい》の液《えき》でコーティングするんだ。だけどけっこう取《と》れやすいんだよな」

レオくんは、オシャレのことなら、なんでもすごく詳《くわ》しいんだよね。

キヨくんがまゆをひそめた。

「待《ま》てよ、レオ。そのキラキラした石《いし》にくっついてるのって、青色《あおいろ》だって言《い》ったよな」

「ああ——クロト、見《み》てくれるか？」

クロトくんが、ルーペでじっとのぞきこんで、

「たぶん、ターコイズブルーだね」

とアッサリ言《い》った。

たくさんの絵《え》の具《ぐ》を見《み》ているクロトくんは、色《いろ》の感覚《かんかく》もするどい。

キヨくんが、じっと考《かんが》えこんだ。

「……青《あお》いマニキュア、ラインストーン、ネイルアート……それに、テディベア。……やっぱり、そうだ……おれ、わかったかもしれない」

みんなで、いっせいにキヨくんを見《み》た。

「教《おし》えろ！」

翔太《しょうた》くんが身《み》を乗《の》りだした。

「――ひとり、おかしいことを言《い》ってる人《ひと》がいたんだ。――覚《おぼ》えてるか。おれたちが進路《しんろ》指導室《しどうしつ》でテディベアをさがしていたとき、教頭先生《きょうとうせんせい》が来《き》ただろ」

うん。そうだった。それでたしか、おこられたんだよね。

「パーティの来賓《らいひん》の人《ひと》たちも来《き》たよね。すごくきれいなお姉《ねえ》さんが助《たす》けてくれて――」

「ああ。あの人《ひと》、レオが『マスコットに心《こころ》あたりないか』って聞《き》いたのに、『大事《だいじ》なクマが見《み》つかるといいわね』って答《こた》えたんだ」

そうだったっけ……よく覚《おぼ》えてるなあ、キヨくん。

たしか、山崎《やまざき》さんって名前《なまえ》だった。キヨくんのお父《とう》さんの知《し》り合《あ》いだったはず。

クロトくんが「なるほど」と相《あい》づちを打《う》った。

「キヨのマスコットがテディベア……つまりクマってことは、教頭先生《きょうとうせんせい》たちは知《し》らないはずだ。だから、クマだって知《し》ってるのは……」

「おれのカバンから、テディベアを盗《ぬす》んだ人間《にんげん》かもしれない……ってことだ」

そっか、たしかに！

「ゆずも覚《おぼ》えてるだろ。あの人《ひと》の爪《つめ》」

「うん。たしかに色《いろ》は青《あお》だった。あれ、でも中指《なかゆび》だけ普通《ふつう》の爪《つめ》だったような……」

翔太《しょうた》くんが真剣《しんけん》な顔《かお》で考《かんが》えこんだ。

「キヨのカバンをさぐったときに、石《いし》が取《と》れたってことか？」

「石《いし》っていうか……爪《つめ》が取《と》れたんじゃないか？」

レオくんが言《い》った。

え、なにそれ、こわい！

ぞっとしてると、レオくんが苦笑《くしょう》した。

「たぶんネイルチップだよ。爪《つめ》の形《かたち》をしたプラスチック板《いた》を、爪《つめ》にくっつけるやつ。ちゃんとつけてないと、なにかの拍子《ひょうし》でぽろって落《お》ちることがある。それを委員長《いいんちょう》が見《み》つけて、ゴミ箱《ばこ》に捨《す》てたんだ。ラインストーンはそこから落《お》ちたんだ」

だけど、とレオくんが続《つづ》ける。

「キヨ、証拠《しょうこ》がないぞ。ラインストーンひとつじゃなんの証拠《しょうこ》にもならないし、『クマ』の件《けん》だって、言《い》った言《い》わないになる」

「……ああ」

そっか……。せっかく犯人《はんにん》かもってわかったのに。

でも、落《お》ちこんでるのはわたしだけだった。

翔太《しょうた》くんが、キヨくんの肩《かた》に肘《ひじ》を乗《の》せて、ニヤっと笑《わら》う。

「で？　作戦《さくせん》はあるんだろ、キヨ。うちの参謀《さんぼう》はお前《まえ》だよな」

参謀《さんぼう》っていうのは、作戦《さくせん》を考《かんが》えたりする、すごく頭《あたま》のいい人《ひと》のこと。

もちろん、このチームならキヨくんだ！

キヨくんは、みんなの顔《かお》を順番《じゅんばん》に見《み》た。

それは、あのすごくクールでつめたい表情《ひょうじょう》でも、切《せつ》ない顔《かお》でもなくて。

目《め》の奥《おく》に静《しず》かに炎《ほのお》がともっているような、力強《ちからづよ》い瞳《ひとみ》。

「ぜったいに、取《と》りもどす。いくらでも手《て》はある。もちろん、手伝《てつだ》ってくれるんだよな」

(うわ、キヨくんめちゃくちゃおこってる……)

翔太《しょうた》くんがびくっと肩《かた》をはねあげた。

「キヨ、マジでおこってんな……あの〝氷《こおり》の帝王《ていおう》バージョン〟のキヨには、逆《さか》らえねえから」

「氷《こおり》の帝王《ていおう》って……言《い》いすぎだって」

「んなことねえよ。だって見《み》ろよ。すっげこえェって」

翔太《しょうた》くんとふたり、コソコソしていると……。

「そこ」

キヨくんにじっと見《み》つめられて、ふたりしてビシっと背筋《せすじ》を伸《の》ばした。

あー、やっぱりこわいかも……。

翔太《しょうた》くんなんか、敬礼《けいれい》しそうないきおいだった。

「じゃあ手始《てはじ》めに……」

と、キヨくんのその言葉《ことば》で、作戦《さくせん》は開始《かいし》したんだ――!

12　キヨくんの、笑顔《えがお》

次《つぎ》の日《ひ》、サマーパーティの前日《ぜんじつ》。

わたしは、学校《がっこう》へ行《い》く前《まえ》にお母《かあ》さんに呼《よ》びとめられた。

……あれから、まだ仲《なか》なおり、してないんだよね。

お母《かあ》さんはちょっと気《き》まずそうに言《い》った。

「ゆず、ごめんね。お母《かあ》さんもお父《とう》さんも、パーティ行《い》けなくて」

キヨくんのことを思《おも》った。

大事《だいじ》な人《ひと》がいついなくなっちゃうか、わたしたちにはわからないもん。

だから、キヨくんは仲《なか》なおりしたほうがいいって、言《い》ってくれたんだ。

自分《じぶん》だって悲《かな》しいはずなのに。すごく、やさしい人《ひと》。

「わ、わたしも……どうせ、とか言《い》ってごめん……」

お母《かあ》さんは、ほっとしたみたいに笑《わら》った。

「ねえ、これ使《つか》う？」

お母《かあ》さんが、小《ちい》さい箱《はこ》をくれた。

わあ、これ、お母《かあ》さんの髪飾《かみかざ》りだ！　ピンクの小《ちい》さな花《はな》が、いくつかついてるやつ。

ハデじゃないけど、それがわたしにはちょうどいい。

「使《つか》う！」

お母《かあ》さんの髪飾《かみかざ》りで、パーティにでられるんだ！

そう思《おも》ったら、パーティがすごく楽《たの》しみになった。


放課後《ほうかご》。実行委員会《じっこういいんかい》のあと。わたしは、キヨくんと、ふたりでS《エス》ルームにむかって歩《ある》いていた。作戦《さくせん》のための買《か》い出《だ》しに行《い》ってたんだ。

「準備《じゅんび》、明日《あした》に間《ま》にあいそうでよかったね」

「ああ。あとは、レオとクロトにかかってる」

明日《あした》の『作戦《さくせん》』のための準備《じゅんび》。

今《いま》はレオくんとクロトくんが、『あるもの』を作《つく》るために一生懸命頑張《いっしょうけんめいがんば》ってる。

翔太《しょうた》くんは、一足先《ひとあしさき》に部活《ぶかつ》に行《い》っちゃった。

Sルーム《エス》にむかう廊下《ろうか》で、キヨくんがふと立《た》ちどまった。

「ゆず。お母《かあ》さんと仲《なか》なおり、したか？」

キヨくん、気《き》にしててくれたんだ。やっぱり、やさしいなあ。

「うん。パーティでつけてって、髪飾《かみかざ》りも貸《か》してもらった」

「そっか。よかったな」

「キヨくんは、……パーティの準備《じゅんび》、楽《たの》しい？」

キヨくんはきょとんとしたあと、小《ちい》さくだけどうなずいてくれた。

「ああ。準備《じゅんび》に参加《さんか》できて、楽《たの》しかった……と思《おも》う」

「――よかった！」

だって、これってすごい進歩《しんぽ》だよ！

「翔太《しょうた》くんがね、言《い》ってくれたんだ。パーティの時期《じき》にキヨくんがつらくなるなら、そのぶん楽《たの》しい思《おも》い出《で》もたくさん作《つく》ればいいって」

「ああ、だから、みんなでおれを誘《さそ》ってくれたのか」

「あはは、バレちゃったか」

わたしは指折《ゆびお》り数《かぞ》えた。

「まずはパーティの飾《かざ》りをいっぱい作《つく》って、それから夏休《なつやす》みもなにかしたい！」

（あ、でもＳ《エス》クラスと外《そと》で会《あ》うのはこわいような……）

待《ま》ち合《あ》わせを思《おも》いだして、ぞっとする。

レオくんひとりで、あのさわぎだもんなあ。

キヨくんが、少《すこ》し切《せつ》なそうに言《い》った。

「ありがと。おれ、母《かあ》さんのことのりこえる。頑張《がんば》って吹《ふ》っきるよ」

わたしは、キヨくんをまっすぐ見《み》つめる。

「あのね、キヨくん。それはちがうよ」

「え？」

あのとき、クロトくんが言《い》ったんだ。

「お母《かあ》さんの思《おも》い出《で》、悲《かな》しいけど大切《たいせつ》なんじゃないかって思《おも》う。だから、そっちも大事《だいじ》にしていっちゃだめかな。悲《かな》しい思《おも》い出《で》と楽《たの》しい思《おも》い出《で》、いっしょにあってもいいって思《おも》うよ」

キヨくんは、すごくおどろいているみたいだった。

そして、ふ、と笑《わら》った――気《き》がした！

「……おれ、無理《むり》にのりこえなきゃって思《おも》ってた。でも……いいんだよな、母《かあ》さんの思《おも》い出《で》、持《も》っててても」

「そうだよ……っ！」

「そしたらいつか、おれ、母《かあ》さんにちゃんと……笑《わら》ってあげられるよな」

――……そのときのキヨくんの笑顔《えがお》。わたし、一生忘《いっしょうわす》れないと思《おも》う。

夕暮《ゆうぐ》れどきの光《ひかり》が、さあっと廊下《ろうか》に差《さ》しこむ。

ぜんぶがまぶしいぐらいの、橙色《だいだいいろ》。

そのなかで、キヨくんはほんの少《すこ》しだけ、笑《わら》っていた。

ちょっとだけ遠《とお》くを見《み》ていて、すごく切《せつ》なそうで。

だけど……。

――宝石《ほうせき》みたいに、きれいな笑顔《えがお》だった。

13 作戦《さくせん》……開始《かいし》!

パーティ当日《とうじつ》。

わたしは、ワンピースに着《き》がえていた。

小学生《しょうがくせい》のときに買《か》ってもらったやつ。ピンク色《いろ》で、袖《そで》がもこっとしてて、子《こ》どもっぽい。

でも髪《かみ》には、お母《かあ》さんの髪飾《かみかざ》りを使《つか》ってる。

これで、ちょっとテンションあがるよね！

……今日《きょう》、わたしは、ふたつの意味《いみ》でそわそわしていた。

ひとつは、キヨくんのテディベアを、取《と》りかえすための作戦《さくせん》。

もうひとつは——ルリちゃんと翔太《しょうた》くんのこと。

（ルリちゃん、本当《ほんとう》に翔太《しょうた》くんに告白《こくはく》、するのかなあ……）

——って、そんなこと考《かんが》えてる場合《ばあい》じゃない。

べつに、翔太《しょうた》くんがだれとつきあったって、カンケーないし！

うんうん、と自分《じぶん》でうなずいていると、横《よこ》でふふ、と笑《わら》い声《ごえ》が聞《き》こえた。

「ひとりでなにやってんの、ゆず」

そう、今《いま》は作戦《さくせん》のために、レオくんとふたり行動《こうどう》なの。

「なんでもないよ……」

わたしたち、『来賓案内《らいひんあんない》』って役《やく》。

来賓《らいひん》の人《ひと》たちを、パーティ会場《かいじょう》までつれていくんだ。今《いま》は、職員室棟《しょくいんしつとう》の前《まえ》で待機《たいき》している。

実行委員《じっこういいん》でもないレオくんが、なんでここにいるのかっていうと……。

このキラキラした笑顔《えがお》で、女《おんな》の先生《せんせい》に、

『おれの姉《あね》も来《く》るみたいですし、実行委員《じっこういいん》は女性《じょせい》ばかりで、来賓《らいひん》の方《かた》の荷物《にもつ》を運《はこ》ぶ役《やく》もいると思《おも》います、お願《ねが》いします』

って、言《い》っただけ。

そしたら目《め》をハートにした先生《せんせい》が、うなずいちゃったってわけ。

（……いいのかなあ、ホントに）

レオくんも、もう正装《せいそう》に着《き》がえている。

白色《しろいろ》のパンツに、淡《あわ》い水色《みずいろ》のシャツ、白《しろ》のベスト。胸《むね》には飾《かざ》りつけであまった、白《しろ》いバラの花《はな》を差《さ》すというキザっぷり。でもぜんぜんイヤミじゃない。

ホントに【白《しろ》の貴公子《きこうし》】ってあだ名《な》がぴったり。

前《まえ》を通《とお》りすぎていく人《ひと》たちが、みんなこっちを、チラチラって見《み》てるもん。

この『案内《あんない》』って腕章《わんしょう》つけてなかったら、ぜったいなにか言《い》われてたよ……。

「ゆずのその髪飾《かみかざ》り、いいな」

わたしはぱっとレオくんを見上《みあ》げた。

「ホント!?　これ、お母《かあ》さんに借《か》りたの！」

「いつもより大人《おとな》っぽくて、すごくかわいいよ」

「……そうやって、わたしをからかってる場合《ばあい》じゃないんだからね」

わたしだって学習《がくしゅう》してるんだもんね。

レオくんがこう言《い》うときは、ぜったいからかってる！

「……ホントなんだけどな」

くすっと笑《わら》ったレオくんは、少《すこ》し肩《かた》をすくめた。

そしてすぐに、真剣《しんけん》な表情《ひょうじょう》でつぶやいた。

「――来《き》た」

……山崎《やまざき》さんだ。すごく美人《びじん》で、やわらかい布《ぬの》の赤《あか》いドレスがよく似合《にあ》う。

「あら、あなたたちが案内係《あんないがかり》さん？」

「ええ。よくおいでくださいました、山崎《やまざき》さん。ご案内《あんない》いたします」

レオくんが、胸《むね》に手《て》をあてて小《ちい》さく会釈《えしゃく》する。

まあ、と山崎《やまざき》さんはほほえんだ。

「立派《りっぱ》なナイトね。よろしくお願《ねが》いするわ」

わたしとレオくんは目《め》を見《み》あわせると、山崎《やまざき》さんを案内《あんない》しはじめた。

中庭《なかにわ》のパーティ会場《かいじょう》――ではなく。

裏庭《うらにわ》の池《いけ》の前《まえ》に。

池《いけ》の前《まえ》には、キヨくんが待《ま》っていた。

「……どういうことかしら」

山崎《やまざき》さんが、自分《じぶん》の持《も》っているカバンを、ぎゅっと持《も》ちなおしたのを、わたしは見《み》た。

あのサイズなら、テディベアを入《い》れることができるはずだ。

「おひさしぶりです」

「ええ、佐次《さじ》さんの息子《むすこ》さんね。こんなところでなんの用《よう》かしら？」

「――シルバータグのテディベア。かえしてもらおうと思《おも》いまして」

わたしたちの後《うし》ろから翔太《しょうた》くんが。キヨくんの横《よこ》にクロトくんがあらわれる。

これも作戦《さくせん》。最初《さいしょ》からみんなで問《と》いつめると、逃《に》げられるかもしれないから。

わたしとレオくん以外《いがい》は、動《うご》きやすいように、まだ制服《せいふく》のままだった。

レオくんが、やわらかな笑顔《えがお》のままで言《い》った。

「今日《きょう》、来賓《らいひん》には新条《しんじょう》さんも来《き》ています。山崎《やまざき》さんとは、アンティーク収集《しゅうしゅう》で競《きそ》うライバルなんですよね？」

わたしたちが進路指導室《しんろしどうしつ》で会《あ》った、あのちょっとイヤミなおばさんのことだ。

――今回《こんかい》の作戦《さくせん》。

一番《いちばん》の問題《もんだい》は、山崎《やまざき》さんがパーティにテディベアを持《も》ってきてくれるか、ってことだった。

だけど、キヨくんがキッパリ言《い》ったんだ。

「問題《もんだい》ない。新条《しんじょう》さんが来《く》るから」

新条《しんじょう》さんと山崎《やまざき》さんはライバル。

せっかく手《て》に入《い》れたレアなテディベアを、ぜったいに見《み》せびらかしたいはずだ——ってね。

キヨくんは、ポケットからハンカチのつつみを取《と》りだした。

「これ、おれのカバンのなかに落《お》ちてたんです。よくさがしたらでてきたんだ。あの日《ひ》、あなたが進路指導室《しんろしどうしつ》に来《き》たとき、中指《なかゆび》のつけ爪《づめ》がひとつはずれていましたよね」

ハンカチのなかには、青色《あおいろ》のつけ爪《づめ》。ラインストーンがちりばめられている。

あの日《ひ》、山崎《やまざき》さんがつけていたものだ。

「あなたが、おれのカバンのなかをさがしたときに、落《お》ちたものだ」

これはたぶん、決定的《けっていてき》な証拠《しょうこ》になる。

山崎《やまざき》さんは、とうとうカバンを体《からだ》の後《うし》ろにさっとかくした。

「失礼《しつれい》」

レオくんが、一言《ひとこと》断《ことわ》って山崎《やまざき》さんのカバンを開《ひら》いた。

「なにするの！」

「――これ、キヨのですよ」

なかからはシルバータグのテディベア。

山崎《やまざき》さんは、レオくんの手《て》からそれをひったくった。

「これはわたしが買《か》ったのよ！」

クロトくんが、テディベアの肩《かた》かけカバンのところをさした。

「前《まえ》にそのカバンのヒモがきれて、レオが修理《しゅうり》したんです。だから、それはキヨのだ」

「――かえしてください」

キヨくんが静《しず》かに言《い》った。

「それは、おれの大切《たいせつ》な人《ひと》からもらった、形見《かたみ》です」

山崎《やまざき》さんは顔《かお》を真《ま》っ赤《か》にした。

キリリとまゆをつりあげる。美人《びじん》がおこるとすごくこわいよ……。

「それは、すごく価値《かち》のあるものなのよ！　それをキーホルダーがわりになんて！　価値《かち》がわかる大人《おとな》が、ちゃんと持《も》っていてあげなくちゃいけないのよ」

そんなのおかしい！

わたしがなにか叫《さけ》ぼうとした、そのとき。

翔太《しょうた》くんの低《ひく》い声《こえ》がした。

「……子《こ》どもだろうが大人《おとな》だろうが、関係《かんけい》ねえよ。大事《だいじ》な人《ひと》からもらったものが、一番価《いちばんか》値《ち》があるんだ」

——ぞくっとした。

低《ひく》くてこわい、翔太《しょうた》くんの声《こえ》。

「そいつの価値《かち》を、一番《いちばん》わかってねえのはあんただろ！」

お腹《なか》にビリビリひびく、強《つよ》くて芯《しん》のある声《こえ》。

「そ、そんな……の、知《し》らないわ！」

しどろもどろになった山崎《やまざき》さんが、ばっとふりかえった。

足《あし》もとがぐらりとかたむく。

ピンヒールが、地面《じめん》にひっかかったんだ！

「危《あぶ》ない！」
そばにいたレオくんが、山崎《やまざき》さんを支《ささ》えた。
でも、テディベアが落《お》ちる!!　その先《さき》は——池《いけ》だ！
だめ——！
なにか考《かんが》える前《まえ》に、飛《と》びだしていた。
後《うし》ろで翔太《しょうた》くんの声《こえ》がする。
「ゆず！」
バシャンッ!!
池《いけ》につっこんだ！　浅《あさ》いけれど、ひざぐらいまではある。
(——テディベアが！)
必死《ひっし》でテディベアを受《う》けとめて、池《いけ》のなかでひざをついた。
ギ、ギリギリセーフっ！
テディベアは、ぬれずにすんでる！

「おい、大丈夫《だいじょうぶ》か！」

「翔太《しょうた》くん！」

制服《せいふく》のまま、翔太《しょうた》くんが池《いけ》に飛《と》びこんだのだ。

バシャバシャとこっちにやってきて、わたしの腕《うで》をつかんで、起《お》こしてくれた。

真剣《しんけん》な顔《かお》が、間近《まぢか》に来《く》る。

「ケガは!?」

「な、ないよ……」

頭《あたま》からびしょびしょだけど……。

「あ、テディベアは無事《ぶじ》だよ！　――て、破《やぶ》れてる!?」

テディベアの革《かわ》のカバンが、ちぎれちゃってる!?

レオくんが、テディベアを受《う》けとって、すばやく確認《かくにん》してくれる。

「大丈夫《だいじょうぶ》。カバンのフタをとめてた糸《いと》が、きれただけだよ。すぐなおせる」

そのまま、キヨくんにわたしてくれた。

「よかったぁ……」

わたしはへなへなと力《ちから》がぬけた。

「おい、池《いけ》んなかで座《すわ》るな」

くずれおちそうになったわたしを、翔太《しょうた》くんが支《ささ》えてくれた。

翔太《しょうた》くんが先《さき》にあがって、わたしに手《て》を差《さ》しだしてくれる。

その手《て》をつかんだ。ぎゅっと、握《にぎ》られたその手《て》が、すごく力強《ちからづよ》かった。

「……失礼《しつれい》するわ」

山崎《やまざき》さんが、ふい、と背《せ》をむけた。

「あ、ちょっと！」

一言《ひとこと》ぐらいキヨくんに謝《あやま》ってほしい！

そう思《おも》って、わたしはキヨくんをふりかえった。

「……キヨくん？」

キヨくんは、ちぎれたカバンをじっと見《み》つめていた。

みんなでキヨくんの手《て》もとをそっとのぞきこむ。

翔太《しょうた》くんが、目《め》を真《ま》んまるにして言《い》った。

「おい、これ……」

フタのあいたカバンから、小《ちい》さく折《お》りたたまれた紙《かみ》が、のぞいている。
キヨくんが、ふるえる指先《ゆびさき》で紙《かみ》をつまんで、だれにともなくつぶやいた。
「……あけるよ」
四《よっ》つに折《お》りたたまれた紙《かみ》。
小《ちい》さくて繊細《せんさい》で、すごくきれいな字《じ》で、メッセージが書《か》いてあった。
それがだれからの手紙《てがみ》か、なんて、キヨくんが一番《いちばん》わかっていたと思《おも》う。
……キヨくんの、ホントのお母《かあ》さんだ。
いつかカバンがあいたとき、キヨくんに伝《つた》わるように。
キヨくんが小《ちい》さくうつむいた。肩《かた》がふるえている。
「……おい」
翔太《しょうた》くんがわたしの肩《かた》をたたいた。
みんなでうなずきあって、そっとその場《ば》をはなれた。
きっとキヨくんは、ひとりになりたいはずだから。
そして、何度《なんど》も何度《なんど》もメッセージを読《よ》みかえすんだろう。

——ずっとだいすきよ、清正《きよまさ》。


「……ううっ、よかったぁ……」

教会《きょうかい》へもどる道《みち》で、わたしは半泣《はんな》きでそう言《い》った。

「……キヨくん、お母《かあ》さんに笑《わら》ってあげられたかな」

「……だといいな」

翔太《しょうた》くんがうなずいてくれる。みんなもやさしく笑《わら》っていた。

翔太《しょうた》くんが、ニヤっと笑《わら》った。

「——そういや、作戦《さくせん》うまくいったよな」

……ふふっ。

みんなで、にんまり笑《わら》う。

そう。あのつけ爪《づめ》——実《じつ》は、本物《ほんもの》じゃない。

——二日前《ふつかまえ》。

キヨくんがこう言《い》ったのだ。

「——委員長《いいんちょう》が捨《す》てたのが、たぶん山崎《やまざき》さんのつけ爪《づめ》だ。だけどもう証拠《しょうこ》がない——……それなら、作《つく》るまでだ」

そして、わたしのほうを見《み》る。

……まかせて！

小《ちい》さく息《いき》をすって、目《め》を閉《と》じる。

カメラアイを、発動《はつどう》する——‼

キュイイイン‼

思《おも》いだすのは、進路指導室《しんろしどうしつ》で会《あ》った、山崎《やまざき》さんの指先《ゆびさき》。

わたしのまわりを、記憶《きおく》が吹《ふ》きあがっていく。

そのなかから——つかんだ！

「……うん。色《いろ》、このターコイズブルーっていうのでまちがいないよ」

レオくんがスマートフォンに用意《ようい》してくれた、マニキュアの色見本《いろみほん》を指《ゆび》さした。

「ラインストーンは、真《ま》ん中《なか》より下《した》に三《みっ》つ、爪《つめ》の上半分《うえはんぶん》だけ色《いろ》がちがってて……このシルバーホワイトって色《いろ》。それから、大《おお》きなパールがラインストーンの上《うえ》にくっついてる」

そのあと、わたしが思《おも》いだしたつけ爪《づめ》の飾《かざ》りを、クロトくんが絵《え》にしてくれたんだ。

それを、二日《ふつか》かけてレオくんとクロトくんで、再現《さいげん》してくれたのだ。


ふたりの再現度《さいげんど》はすごかった……。

「やっぱりすごいね」

そう言《い》うと、レオくんがくすっと笑《わら》った。

「すごいのはゆずもだよ。キヨのテディベアを守《まも》ってくれたしな」

翔太《しょうた》くんがぱっと顔《かお》をあげる。

「あっ、そうだ！　お前《まえ》ホント無茶《むちゃ》するよなあ」

だって、キヨくんのテディベアが池《いけ》に落《お》ちちゃうって思《おも》ったんだもん。

クロトくんが、わたしたちの上《うえ》から下《した》までを、じっと見《み》た。

「ふたりとも、それ、どうする……？」

翔太《しょうた》くんは制服《せいふく》がびしょびしょ。わたしは、頭《あたま》までぐちゃぐちゃ……。

「……ど、どうしよう」

翔太《しょうた》くんが、職員室棟《しょくいんしつとう》を指《ゆび》さした。

「とりあえず、ゆずはプールの更衣室《こういしつ》でシャワー浴《あ》びてこいよ。おれは、上《うえ》は無事《ぶじ》だし、着《き》がえあるから。ゆずは制服《せいふく》あるか？」

「うん。パーティは制服《せいふく》でも参加《さんか》できるから。着《き》がえてくる」

せっかく正装《せいそう》したのに、ちょっと残念《ざんねん》だ。

職員室棟《しょくいんしつとう》に行《い》こうとすると、後《うし》ろから、レオくんの声《こえ》がした。

「ゆず、制服《せいふく》に着《き》がえたら、S《エス》ルームにおいで」

ええ……なに、その意味深《いみしん》な笑《わら》い……。

すごくこわいんだけどー！

14 翔太《しょうた》くんの、答《こた》え

(――サイアクだー!!)

職員室棟《しょくいんしつとう》の前《まえ》に、ルリちゃんがいる……! 取《と》りまきの子《こ》もいっしょだ!

真《ま》っ赤《か》なドレスに、きれいにアレンジされた髪《かみ》。耳《みみ》もとと首《くび》もとには、宝石《ほうせき》みたいなアクセサリー。いつもより、きれいにメイクしてる。

もともとすごくかわいいんだけど……今《いま》は、きれいって感《かん》じだ。

ルリちゃんが、こっちに気《き》づいて、取《と》りまきの子《こ》たちに言《い》った。

「ねえ、あれ見《み》てよ」

「うわっ」

取《と》りまきの子《こ》たちが、くすっと笑《わら》う。

「汚《きたな》っ……ウソ、あれでパーティでるつもりなのかな」

「えー、ありえないでしょ」
ルリちゃんは、すごくするどい目《め》でこっちを見《み》た。
「あんな汚《きたな》い格好《かっこう》で、翔太《しょうた》くんに近《ちか》づかないでほしいよね」
そっか。ぎゅうっと胸《むね》が痛《いた》くなる。
――ルリちゃんは今日《きょう》、翔太《しょうた》くんに告白《こくはく》するのかもしれない。
すごくミジメになったわたしは、その場《ば》からかけだした。
シャワーを浴《あ》びて、制服《せいふく》に着《き》がえる。お母《かあ》さんの髪飾《かみかざ》りを、ポケットに入《い》れた。
(……いいもん。キヨくんのテディベア、守《まも》れたから)
翔太《しょうた》くん、きっともう着《き》がえてる。会場《かいじょう》にいるかも。
それで、ルリちゃんは翔太《しょうた》くんに――
……「好《す》き」って、伝《つた》える。
(いや、関係《かんけい》ない。ぜんぜんわたしには関係《かんけい》ないから!)
心《こころ》のなかで叫《さけ》びながら、わたしはS《エス》ルームの前《まえ》までやってきた。
パーティも始《はじ》まってるし、さすがに、もう校舎《こうしゃ》にはだれもいない。

……もうパーティ、サボっちゃいたいなあ。

そう思《おも》ってガラっとドアをあけると……。

「──あなたがうわさのゆずちゃんね！」

「へ……っ⁉」

とんでもない美人《びじん》が三人《にん》、S《エス》ルームで待《ま》っていた。

っていうか真《ま》ん中《なか》の人《ひと》、女優《じょゆう》のアンナさんだ！

ん……？　じゃあまさか、この人《ひと》たち。

「レオくんの、お姉《ねえ》さん⁉」

「大正解《だいせいかい》ー！」

一番背《いちばんせ》の高《たか》いお姉《ねえ》さんが言《い》った。

たしか、三人姉妹《にんしまい》なんだよね。お姉《ねえ》さんたちは、自己紹介《じこしょうかい》してくれた。

長女《ちょうじょ》でモデル──花蓮《かれん》さん。

次女《じじょ》で女優《じょゆう》──安奈《あんな》さん。

三女《さんじょ》で大人気《だいにんき》アイドルグループのセンター──璃々《りり》さん。

みんなレオくんとおんなじで、キラッキラした超美人《ちょうびじん》さんたちだ。

「おれが頼《たの》んだんだよ」

後《うし》ろからひょい、と顔《かお》をだしたのは、レオくんだ。

「姉《ねえ》さんたち、着《き》がえ車《くるま》に積《つ》んできてるんだろうし。なにか一式《いっしき》ゆずに貸《か》してやってって」

「……えっ！」

(芸能人《げいのうじん》の服借《ふくか》りるの⁉　っていうか……い、いくらの服《ふく》⁉)

よく見《み》ると、S《エス》ルームのなかにはドレスが何着《なんちゃく》も……。

わたしでも知《し》ってる、超高級《ちょうこうきゅう》ブランドばっかりだよ⁉

モデルのカレンさんが、腰《こし》に手《て》をあてて言《い》った。

「レオはでていきなさいよ。あたしたちがゆずちゃんをかわいく仕立《した》てるんだから」

「カレン姉《ねえ》さん、ゆずはそういうのあんまり慣《な》れてないからさ」

「男《おとこ》はこういうことに口《くち》だししないの。ほら早《はや》く！」

「……はいはい」

レオくんは両手《りょうて》をあげて降参《こうさん》、のポーズ。

（ウソ、レオくんでていっちゃうの⁉）
おそるおそるふりかえると……。
三女《さんじょ》のリリさんが、満面《まんめん》の笑《え》みで立《た》っていた。
わあ、はじけるスマイル。さすが、アイドル……。
「さ、始《はじ》めましょ！」
（だ、だれか助《たす》けて――――！！！）

お姉《ねえ》さんたちに、もみくちゃにされること、三十分《さんじゅっぷん》。
一着《いっちゃく》ですむかと思《おも》ったら、何着《なんちゃく》も着《き》たり脱《ぬ》いだり。
ついでにメイクもしてもらっちゃって、髪《かみ》もいろいろやってもらったんだけど。
（……わたし、今《いま》どうなってるんだろ）
鏡《かがみ》も見《み》ないまま、S《エス》ルームから放《ほう》りだされちゃったし。
ドレスが、すごくきれいなうすいピンクだってことだけは、わかる。
お母《かあ》さんの髪飾《かみかざ》りを使《つか》ってくださいってお願《ねが》いしたら、お姉《ねえ》さんたちはすごくやさしく笑《わら》ってくれた。

中庭《なかにわ》にむかうと、もうみんなパーティを楽《たの》しんでいた。

なんだか、まわりからすっごく見《み》られてる気《き》がする。

やっぱり似合《にあ》わないかなあ、このドレス……。

(会場《かいじょう》のすみっこでおとなしくしてよう)

わたしがそう思《おも》ったとき。

……真《ま》っ赤《か》なドレスのルリちゃんを見《み》つけた。取《と》りまきの子《こ》たちと、だれかをかこんでいる。

ドキっとした。

(……翔太《しょうた》くんだ)

シンプルに、白《しろ》いシャツに黒《くろ》のジャケット、黒《くろ》のパンツ。髪《かみ》もワックスでオシャレにいじってある。

それから、ちょっとルーズにむすばれてる、真《ま》っ赤《か》なタイ。

すっごく、カッコいい……っ！
ルリちゃんの目《め》も、とろん、てとろけている。
「……あの、翔太《しょうた》くんは、好《す》きな人《ひと》いないの？」
ルリちゃんが、そう言《い》った。
わたしは心臓《しんぞう》がぎゅっと痛《いた》くなった。
（――……やっぱり、告白《こくはく》するのかな）
まわりの子《こ》が、みんな翔太《しょうた》くんの答《こた》えに注目《ちゅうもく》しているのが、わかった。
……翔太《しょうた》くんは、ルリちゃんとつきあうのかもしれない。
それどころか――彼女《かのじょ》がいるかも……！
でも、翔太《しょうた》くんはけろっと言《い》った。
「――いや、いねえよ」
ルリちゃんが、身《み》を乗《の》りだした。
その先《さき》を、わたしは見《み》ていられなくて……。
ぱっと目《め》をそらした。

「っていうかおれ、今《いま》サッカーが一番《いちばん》だからさ。サッカーよりドキドキさせてくれる女《おんな》の子《こ》がいたら、考《かんが》える」

ニっと笑《わら》った翔太《しょうた》くん。

なんだか一気《いっき》に、まわりの空気《くうき》がゆるんだ気《き》がした。

「……そうなんだ」

ルリちゃんは、ちょっとだけ悲《かな》しそうに見《み》えた。

みんな、安心《あんしん》が半分《はんぶん》。でも残念《ざんねん》も半分《はんぶん》って感《かん》じ。

今《いま》のトコ、翔太《しょうた》くんは、だれのものにもならない。

けどそれは――だれも翔太《しょうた》くんのカノジョになれないってこと。

わたしも、なんだかドっと気《き》がぬけた……。

(そっか……翔太《しょうた》くんは、まだだれともつきあわないんだ)

……ん？　なんでこんなほっとしてるんだ？

混乱《こんらん》してると、翔太《しょうた》くんがくるっとこっちをむいた。

心臓《しんぞう》がはねる。

うわ、ルリちゃんたちもこっち見《み》てる！

急《きゅう》にすごくはずかしくなった。

（だって、レオくんのお姉《ねえ》さんの服《ふく》、似合《にあ》うはずないよ！　足《あし》の長《なが》さとか、ぜんぜんちがうし！）

翔太《しょうた》くんがこっちをじっと見《み》つめていた。

すごくおどろいてるみたいだ。ぽかんと口《くち》をあけている。

どうしたのかな。

あ、今《いま》なら逃《に》げられる!?　チャンスじゃない!?

あわあわと逃《に》げようとしてると。

翔太《しょうた》くんがはっと我《われ》にかえった。

「お前《まえ》、それ……」

……逃《に》げそこねた……。

わたしは、おずおずと翔太《しょうた》くんを見上《みあ》げた。

「似合《にあ》ってない……よね」

「いや、その、えっと……あれ……なに、言《い》おうとしたんだ、おれ」

なんだか、翔太《しょうた》くんすごく混乱《こんらん》してない？

いつも、思《おも》ったことすぐ言《い》っちゃうのに。

ルリちゃんが、ひそひそしゃべってるのが聞《き》こえた。

「ね、翔太《しょうた》くんといっしょにいるの、だれだろ」

「わかんない。でも……かわいいよね」

（……ええ……？）

そのとき後《うし》ろから、だれかが話《はな》しかけてきた。

わたしの知《し》らない男子《だんし》が、ふたり立《た》っている。

「ね、キミ一年生《ねんせい》？　すっごいかわいいね」

「おれらとパーティ楽《たの》しもうよ。おれら二年《ねん》だから、いろいろ教《おし》えてあげられるし」

……だれかとまちがえてるんじゃないかな。

「いえ、や……その」

じり、とあとずさったわたしの腕《うで》を——

いつもの、あったかい手《て》が、ぎゅっとつかんだ。

「行《い》くぞ、ゆず」

「うえっ⁉」

「スイマセン、センパイ方《がた》。こいつ、今日《きょう》おれたちといっしょにいる予定《よてい》なんで」

痛《いた》いぐらいに、ぎゅうっと握《にぎ》りしめられる。

翔太《しょうた》くんは、さっさとパーティ会場《かいじょう》からでた。

「教会《きょうかい》の裏《うら》で、キヨとクロトとレオが待《ま》ってる。お菓子《かし》と飲《の》みもの、確保《かくほ》したから、事件《じけん》解決《かいけつ》の打《う》ちあげしようぜって」

いつもより、ちょっと早口《はやくち》な翔太《しょうた》くん。

翔太《しょうた》くんはうつむいたまま、わたしの少《すこ》し前《まえ》を、歩《ある》いている。

最初《さいしょ》に話《はな》したきりだまりこんでる。

なにか、話《はな》してくれないかな。

じゃないと……。

この心臓《しんぞう》のドキドキ、聞《き》こえちゃう……っ！

沈黙《ちんもく》に耐《た》えられなくて、わたしはあわあわと話《はな》しはじめた。

「あ、あのっ、このドレス、レオくんのお姉《ねえ》さんに借《か》りたの。でも似《に》合《あ》ってなくて……」

翔太《しょうた》くんが、とつぜん、ぴた、と足《あし》を止《と》めて、こっちをふりかえった。

顔《かお》を背《そむ》けたままの翔太《しょうた》くん、ぜんぜん表情《ひょうじょう》が読《よ》めない。

「……ってる」

「え、なに？」

「──似《に》合《あ》ってるって言《い》ってんだよ！」

「……ええ……？」

すごく、情《なさ》けない声《こえ》がでた。

……わたしは、顔《かお》が真《ま》っ赤《か》になっていくのを感《かん》じていた。

（……似《に》合《あ》うって……っ！）

……つかまれた腕《うで》が、熱《あつ》い。

そこから心臓《しんぞう》にむかって、翔太《しょうた》くんの熱《ねつ》が伝《つた》わってくるみたい。

まわりからぜんぶ、音《おと》が消《き》えた。

わたしの心臓《しんぞう》の音《おと》だけが——耳《みみ》の奥《おく》でドキドキとうるさい。

もううれしいのかなんなのか、ぜんぜんわかんない！

ただ、すごくすごくドキドキするよ……っ！


翔太《しょうた》くんとふたりで、立《た》ちどまってかたまっていたとき——

「——遅《おそ》いと思《おも》ったら、なにやってんだよ」

レオくんが、翔太《しょうた》くんの後《うし》ろから、肩《かた》に手《て》をまわしていた。

「早《はや》くお菓子《かし》食《た》べようよ。たくさん持《も》ってきたからさ」

クロトくんが、両手《りょうて》にドーナツとマカロンを、それぞれ持《も》ってる。

「おう、悪《わる》い！」

翔太《しょうた》くんがパッと笑《わら》う。もうさっきみたいな、妙《みょう》な感《かん》じじゃない。

わたしは、ほっとした。

あのままだったら、心臓《しんぞう》バクハツしてた……。

「行《い》くぞ、ゆず」

「うん」

教会《きょうかい》の裏《うら》のちょっと人気《ひとけ》のないところに、場所《ばしょ》を取《と》っててくれたみたい。

地面《じめん》に布《ぬの》がしいてあって、大《おお》きなお皿《さら》の上《うえ》に、お菓子《かし》が山積《やまづ》みになっている。

ていうか、はみだしてる。

「これ、どうしたの？」

すごい量《りょう》なんだけど……。

クロトくんがすごくうれしそうに笑《わら》った。

「もらってきたんだ。飲《の》みものもあるよ」

クロトくんは、黒《くろ》いベストにシャツ。髪《かみ》を後《うし》ろでひとつにくくっている。

その横《よこ》のキヨくんは、青《あお》いシャツにジャケット、髪《かみ》も少《すこ》し整《ととの》えてあって、いつもより
ずっと大人《おとな》っぽく見《み》えた。

「さっき、山崎《やまざき》さんが謝《あやま》ってくれた」

みんながキヨくんを見《み》た。

「山崎《やまざき》さん、母《かあ》さんが生《い》きてたころに、あのシルバータグを見《み》てずっとほしかったんだっ

てさ。母《かあ》さんが死《し》んだあとおれが持《も》ってるの、知《し》ってたらしくて……。あの日《ひ》、来賓《らいひん》でうちの学校《がっこう》に来《き》てただろ。たまたまおれが指導室《しどうしつ》からでていくのを見《み》て、カバンも置《お》きっぱなしだったから……」

つい取《と》っちゃった、ってことなんだろうなあ。

「本当《ほんとう》にごめんなさい、ってさ。今日《きょう》も気《き》まずいんだろうな、帰《かえ》っていったよ」

「そっか」

翔太《しょうた》くんがじっとキヨくんを見《み》た。

「キヨ、父《とう》さんと、その……新《あたら》しい母《かあ》さんは？」

「来《き》てる。——今回《こんかい》の、事件《じけん》の話《はなし》もした」

わたしたちは、みんなキヨくんの顔《かお》を見《み》つめていた。

「そしたら、会《あ》いたいってさ。おれの——大事《だいじ》な仲間《なかま》に」

ぐっと胸《むね》がつまる。

だって、キヨくん……笑《わら》ってるっ！

まだぎこちないけど。でもすごくいい笑顔《えがお》だよ！

「……ありがとな、みんな」

翔太《しょうた》くんが、ぐるっとみんなを見《み》まわした。

「じゃあグラス、持《も》ったな！」

翔太《しょうた》くんが、堂々《どうどう》と宣言《せんげん》した。

「事件解決《じけんかいけつ》と、おれたち『EYE《アイ》―S《ズ》』の絆《きずな》に――」

翔太《しょうた》くんが、絆《きずな》をたしかめるみたいに、順番《じゅんばん》にみんなを見《み》つめる。

キヨくん、クロトくん、レオくん――

そして力強《ちからづよ》い笑顔《えがお》が――わたしの瞳《ひとみ》をとらえる。

胸《むね》がかあっと熱《あつ》くなる。

翔太《しょうた》くんの笑顔《えがお》にこたえるように、力強《ちからづよ》くうなずいた。

「事件解決《じけんかいけつ》と、おれたち『EYE《アイ》―S《ズ》』の絆《きずな》に――」

思《おも》いきり、グラスをかかげる！

「――乾杯《かんぱい》っ！」

かちん、と五《いつ》つのグラスが、軽《かろ》やかになった。

あとがき

こんにちは！　相川真《あいかわしん》です。

『チームEYE《アイ》S《ズ》』も三冊目《さつめ》になりました。ここから読《よ》んでくれた人《ひと》も、一巻《いっかん》や二巻《かん》から読《よ》んでくれている人《ひと》も、ありがとうございます！

三巻《かん》は、キヨのお話《はなし》でした。

キヨはいつもクールで冷静《れいせい》で、みんなのまとめ役《やく》って感《かん》じです。そんなキヨにも弱点《じゃくてん》(笑《わらい》)があったり、過去《かこ》があったり……。

ドキドキしながら、楽《たの》しんでくれたら、うれしいです。

今回《こんかい》も、たくさんお手紙《てがみ》をいただきました（みらい文庫《ぶんこ》ホームページの感想《かんそう》も、読《よ》ませていただいています！）。ありがとうございます！

「クロトのスイーツ好《ず》きがかわいい」や「レオがカッコいい！」など、感想《かんそう》をありがとうございます！　ゆずの頑張《がんば》りを応援《おうえん》してくれた人《ひと》も、たくさんいました！

お手紙《てがみ》のなかのいくつかに、「うちのまわりにはこんなカッコいい男子《だんし》いないです！」っていう切実《せつじつ》な声《こえ》があって、ホントそうですよね！　って思《おも》いました。わたしもＳ《エス》クラスの四人《にん》みたいな、キラキラした男子《だんし》と学校生活《がっこうせいかつ》を送《おく》ってみたかったです……。

お手紙《てがみ》のお返事《へんじ》は、ゆっくりですがお送《おく》りしています。気長《きなが》に待《ま》ってみてください。

みなさんがお手紙《てがみ》をくれるおかげで、『チームＥＹＥ－Ｓ《アイズ》』のお話《はなし》の続《つづ》きを書《か》くことができました。本当《ほんとう》にうれしいです！　ありがとうございます！

そして、『ＥＹＥ－Ｓ《アイズ》』にキラキラのステキなイラストをつけてくださっている、立樹《たちき》まや先生《せんせい》。いつも本当《ほんとう》にありがとうございます！

ではまた、みなさんに『ＥＹＥ－Ｓ《アイズ》』のお話《はなし》を届《とど》けられるよう、頑張《がんば》っていきます！

相川《あいかわ》　真《しん》

※相川真先生《あいかわしんせんせい》へのお手紙《てがみ》はこちらに送《おく》ってください。

〒101－8050　東京都千代田区一ツ橋《とうきょうとちよだくひとつばし》２－５－10

集英社《しゅうえいしゃ》みらい文庫編集部《ぶんこへんしゅうぶ》　相川真先生係《あいかわしんせんせいがかり》

あとがき

『チームEYE-S《アイズ》』3巻《かん》!!! キヨくんの知《し》られざる魅力《みりょく》がいっぱいでしたね！
お母《かあ》さんとの過去《かこ》には涙《なみだ》ボロボロでした…。そして、お花《はな》作《づく》りが下手《へた》くそなギャップがたまりませんでした…!(笑)

ドレスアップゆずちゃん
描いててすごく幸せなシーンでした♡

イラスト担当《たんとう》させていただきました！

立樹《たちき》まや

集英社みらい文庫

青星学園《せいせいがくえん》★チームEYE-S《アイズ》の事件《じけん》ノート

～キヨの笑顔《えがお》を取《と》りもどせ！～

相川《あいかわ》 真《しん》 作

立樹《たちき》まや 絵

ファンレターのあて先
〒101-8050 東京都千代田区一ツ橋2-5-10 集英社みらい文庫編集部
いただいたお便りは編集部から先生におわたしいたします。

2018年 9月26日 第1刷発行
2021年 2月15日 第6刷発行

発行者 北畠輝幸
発行所 株式会社 集英社
〒101-8050 東京都千代田区一ツ橋2-5-10
電話 編集部 03-3230-6246
読者係 03-3230-6080
販売部 03-3230-6393(書店専用)
http://miraibunko.jp
装丁 +++ 野田由美子 中島由佳理
印刷 大日本印刷株式会社 凸版印刷株式会社
製本 大日本印刷株式会社

★この作品はフィクションです。実在の人物・団体・事件などにはいっさい関係ありません。

ISBN978-4-08-321458-5 C8293 N.D.C.913 186P 18cm

青《せい》星《せい》学《がく》園《えん》★チームEYE-S《アイズ》の事《じ》件《けん》ノート
シリーズ
相川《あいかわ》真《しん》・作《さく》
立樹《たちき》まや・絵《え》
胸《むね》キュン学園《がくえん》なぞとき❤ラブコメ！
4人《にん》のキラキラな男《おとこ》の子《こ》たちと事《じ》件《けん》に巻《ま》きこまれて!?
S《エス》クラス
クリアハートしおりつき！
第《だい》10弾《だん》には翔《しょう》太《た》のしおりがつくよ♪
※なくなり次第、終了になります。
4巻連《かんれん》続《ぞく》特《とく》典《てん》
第《だい》8〜11弾《だん》
Shota
EYE-Sの事件ノート

ゆずと4人《にん》が大《だい》かつやく！
放課後《ほうかご》❤ドキドキストーリー♪

“トクベツな力《ちから》”をもつ、
中《ちゅう》1のゆずは、目立《めだ》たず、
平穏《へいおん》な生活《せいかつ》を望《のぞ》んでいるのに、
4人《にん》のキラキラな男《おとこ》の子《こ》たちと
チームアイズを組《く》むことに!?
チームで力《ちから》を合《あ》わせて、
学園《がくえん》の事件《じけん》の謎《なぞ》を解《と》け！

第《だい》1弾《だん》〜第《だい》10弾《だん》 大好評発売中《だいこうひょうはつばいちゅう》！

第《だい》1弾《だん》

〜勝利《しょうり》の女神《めがみ》は忘《わす》れない〜
アイズのはじまり！

第《だい》2弾《だん》

〜ロミオと青《あお》い星《ほし》のひみつ〜
レオがねらわれて!?

第《だい》3弾《だん》

〜キヨの笑顔《えがお》を取《と》りもどせ！〜
キヨの悲《かな》しいひみつは？

第《だい》4弾《だん》

〜クロトへの謎《なぞ》の脅迫状《きょうはくじょう》〜
クロトがゆずに告白《こくはく》!?

第《だい》5弾《だん》

〜翔太《しょうた》と星《ほし》の木《き》の約束《やくそく》〜
翔太《しょうた》の元《もと》カノ登場《とうじょう》!?

第《だい》6弾《だん》

〜レオのドレスと、ハロウィンの黒《くろ》い怪人《かいじん》〜
レオが転校《てんこう》!?

第《だい》7弾《だん》

〜ひとりぼっちのキヨと、クリスマスの奇跡《きせき》〜
キヨの誕生会《たんじょうかい》に!?

第《だい》8弾《だん》

〜クロトの一日《いちにち》カノジョ大作戦《だいさくせん》〜
クロトの恋人役《こいびとやく》に!?

第《だい》9弾《だん》

〜ゆずの涙《なみだ》と、人魚《にんぎょ》のピアノの謎《なぞ》〜
Sクラス《エス》とグアムへ!?

NEW《ニュー》！

〜ねらわれた翔太《しょうた》!? バレンタイン大戦争《だいせんそう》〜
翔太《しょうた》のひみつが!?

第《だい》10弾《だん》

第《だい》10弾《だん》特別企画《とくべつきかく》！
カラー4P《ページ》スピンオフ
4コマ漫画《まんが》つき♪

速報《そくほう》!!
第《だい》11弾《だん》は2021年《ねん》4月《がつ》23日《にち》金《きん》発売予定《はつばいよてい》!!

麻井深雪《あさいみゆき》✣作《さく》
那流《なる》✣絵《え》
ドッキドキの
普通《ふつう》じゃない毎日《まいにち》が
始《はじ》まったんだ！
新感覚《しんかんかく》❤
ヴァンパイア・
ラブストーリー
霧島《きりしま》くんは
普通《ふつう》じゃない
〜転校生《てんこうせい》はヴァンパイア!?〜

「みらい文庫《ぶんこ》」読者《どくしゃ》のみなさんへ

言葉《ことば》を学《まな》ぶ、感性《かんせい》を磨《みが》く、創造力《そうぞうりょく》を育《はぐく》む……、読書《どくしょ》は「人間力《にんげんりょく》」を高《たか》めるために欠《か》かせません。

たった一枚《いちまい》のページをめくる向《む》こう側《がわ》に、未知《みち》の世界《せかい》、ドキドキのみらいが無限《むげん》に広《ひろ》がっている。

これこそが「本《ほん》」だけが持《も》っているパワーです。

学校《がっこう》の朝《あさ》の読書《どくしょ》に、休《やす》み時間《じかん》に、放課後《ほうかご》に……。いつでも、どこでも、すぐに続《つづ》きを読《よ》みたくなるような、魅力《みりょく》に溢《あふ》れる本《ほん》をたくさん揃《そろ》えていきたい。読書《どくしょ》がくれる、心《こころ》がきらきらしたり胸《むね》がきゅんとする瞬間《しゅんかん》を体験《たいけん》してほしい、楽《たの》しんでほしい。みらいの日本《にほん》、そして世界《せかい》を担《にな》うみなさんが、やがて大人《おとな》になった時《とき》、「読書《どくしょ》の魅力《みりょく》を初《はじ》めて知《し》った本《ほん》」「自分《じぶん》のおこづかいで初《はじ》めて買《か》った一冊《いっさつ》」と思《おも》い出《だ》してくれるような作品《さくひん》を一所懸命《いっしょけんめい》、大切《たいせつ》に創《つく》っていきたい。

そんないっぱいの想《おも》いを込《こ》めながら、作家《さっか》の先生方《せんせいがた》と一緒《いっしょ》に、私《わたし》たちは素敵《すてき》な本作《ほんづく》りを続《つづ》けていきます。「みらい文庫《ぶんこ》」は、無限《むげん》の宇宙《うちゅう》に浮《う》かぶ星《ほし》のように、夢《ゆめ》をたたえ輝《かがや》きながら、次々《つぎつぎ》と新《あたら》しく生《う》まれ続《つづ》けます。

本《ほん》を持《も》つ、その手《て》の中《なか》に、ドキドキするみらい――。

本《ほん》の宇宙《うちゅう》から、自分《じぶん》だけの健《すこ》やかな空想力《くうそうりょく》を育《そだ》て、〝みらいの星《ほし》〟をたくさん見《み》つけてください。

そして、大切《たいせつ》なこと、大切《たいせつ》な人《ひと》をきちんと守《まも》る、強《つよ》くて、やさしい大人《おとな》になってくれることを心《こころ》から願《ねが》っています。

2011年《ねん》 春《はる》

集英社《しゅうえいしゃ》みらい文庫《ぶんこ》編集部《へんしゅうぶ》